A Maldição do Filme

Dados Internacionais de Catalogação na Publicação (CIP)
(Câmara Brasileira do Livro, SP, Brasil)

Martins, Eliana
A maldição do filme / Eliana Martins; ilustrações de Weberson Santiago.
– São Paulo: Editora Melhoramentos, 2018. – (Os sinistros)

ISBN 978-85-06-08321-5

1. Ficção – Literatura juvenil I. Santiago, Weberson. III. Título. IV. Série.

18-13743   CDD-028.5

Índice para catálogo sistemático:
1. Ficção: Literatura juvenil 028.5
Iolanda Rodrigues Biode — Bibliotecária — CRB-8/10014

© Eliana Martins
© ilustrações de Weberson Santiago

Organizadora: Rosana Rios
Projeto gráfico: Estúdio Vintém
Diagramação: Amarelinha Design Gráfico

Direitos de publicação:
© 2018 Editora Melhoramentos Ltda.
Todos os direitos reservados.

1.ª edição, 4.ª impressão, janeiro de 2025
ISBN: 978-85-06-08321-5

Atendimento ao consumidor:
Caixa Postal 169 – CEP 01031-970
São Paulo – SP – Brasil
www.editoramelhoramentos.com.br
sac@melhoramentos.com.br

Impresso no Brasil

Os Sinistros

A Maldição do Filme

Eliana Martins

Ilustrações de
Weberson Santiago

≡ Editora Melhoramentos

Sumário

Prólogo 7
1. Estranha Descoberta..11
2. Inacreditável!...17
3. Sinistros em Cena... 25
4. O Escritor e o Compositor 33
5. O Navio e o Avião... 39
6. O Toureiro e a Nova Capital 49
7. Encontro com o Inimigo 57
8. O Filme e a Descoberta.. 67
9. Amigo 77
10. Além do Visível... 87
Explicações importantes: 95
A autora 99
O ilustrador...101

Prólogo

Aeroporto de Congonhas – São Paulo – 15 horas

Carlos Eduardo esperava pelo avião que o levaria ao Rio de Janeiro.
– Vê lá o quê vai aprontar para sua mãe, hein, garoto! – disse o pai, que o acompanhava.
– Puxa pai, até parece que eu vivo aprontando...
Cadu era um garoto muito bonito. Quatorze anos em um corpo atlético. Fazia judô, natação e taekwondo. Afrodescendente, cabelos espessos que ele usa bem curtinhos, tinha sempre um séquito de garotas atrás dele.
Seu Alberto e dona Marô, seus pais, eram divorciados e mantinham a guarda compartilhada do filho. Como o Colégio Casmurro em que ele estudava tinha filiais em vários estados, Cadu cursava seis meses em São Paulo, onde morava o pai, e os outros seis em Niterói, Rio de Janeiro, onde vivia a mãe.
– Atenção senhores passageiros com destino ao Rio de Janeiro, voo BW4869, dirijam-se ao portão de número 5 e boa viagem! – disse a voz, no alto-falante.
– Tchau, pai, tá na minha hora.
– Até breve, filho. Ligue quando chegar. Vou sentir saudade – disse seu Alberto, abraçando Cadu.
O filho desapareceu no corredor de embarque, deixando o coração do pai, ali, apertado.

Aeroporto Santos Dumont – Rio de Janeiro – 16 horas

O coração de dona Marô explodiu de alegria quando a porta de vidro se abriu e Cadu surgiu.

– Lindo! Lindo da mamãe! Que saudade!

– Menos, mãe – disse o garoto, sem graça, mas dando um abraço apertado nela.

– Que calor!

– Já devia estar acostumado, Carlos Eduardo.

– Mas estamos no inverno, mãe. Em São Paulo tá um frio dos diabos.

Amorosamente abraçados, mãe e filho rumaram para o estacionamento. Logo mais, atravessando a ponte Rio-Niterói, ele já se sentia em casa. Sabia que seria um semestre tranquilo...

O que Cadu não sabia era que, em breve, estaria em meio a uma aventura extraordinária.

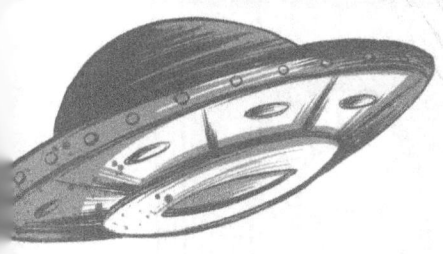

1. Estranha Descoberta

Tinha sido muito bom chegar em Niterói no fim de semana, ia pensando Cadu, enquanto o carro da mãe atravessava a ponte. Daria para rever os amigos, pegar uma praia e, certamente, conhecer alguma garota nova. Já havia se adaptado a frequentar duas escolas em cidades diferentes. A cada semestre, novas pessoas, novas aventuras. Mas acabou ficando com preguiça de ligar para a turma. Tinha de organizar o material escolar e, quando percebeu, a segunda-feira havia chegado num átimo. Bem cedo, lá estava ele no portão do Colégio Casmurro, de Niterói.

Como costumava fazer, sempre que voltava àquela escola, ficou um bom tempo parado, observando. Nada havia mudado desde a última vez.

"Por que será que a matriz e as filiais do Casmurro são tão estranhas?", pensou.

Verdade: todas eram casarões assustadores. Ele estudava meio ano na unidade de São Paulo e, numa excursão do semestre anterior, conhecera a de Belo Horizonte, em Minas Gerais.

A sede de Niterói era um palacete rosado, com três andares, contando o sótão. No topo, havia duas torres e, embaixo, um enorme porão. Parecia um pequeno castelo.

Os andares inferiores continham as salas de aula. No sótão, localizavam-se a secretaria, tesouraria e sala da diretoria. O subsolo, frio e lúgubre, abrigava a enfermaria e a biblioteca.

Poderia ser até uma linda residência, não fosse tão... sinistra.

Seus pensamentos foram interrompidos por colegas que o reconheceram.

– Grande Cadu! – disse um.

– E aí, Cadu?! – disse outro.

Algumas garotas suspirantes o rodearam. O adolescente trocou beijinhos no rosto com elas – dois, como se fazia no Rio; em São Paulo o comum era um beijo só. Com eles, seguiu para a sala de aula.

No final da manhã, quis rever a biblioteca. Como ninguém quis acompanhá-lo, foi sozinho para o porão. Passou pela porta de carvalho pesada, e uma senhora o recebeu.

– Olá! – disse a ela. – E a dona Salete, está? – perguntou Cadu, referindo-se à bibliotecária.

– Não trabalha mais aqui. Agora sou eu. Dona Creuma – respondeu ela, com cara de poucos amigos. – O que procura, exatamente?

– Nada, não senhora. Estou apenas matando a saudade. Vim de outra filial do colégio.

– Tudo bem. Pode circular por aí, mas não toque em nada sem me pedir.

Cadu, ignorando a mulher, que julgou muito mal-encarada, foi percorrendo as estantes e observando livros sobre as mesas. Passara horas felizes ali, lendo histórias de aventura e de terror...

Encostada numa das mesas, viu uma caixa bem estranha para o local. Seus olhos curiosos de adolescente imediatamente pararam para observar melhor. Era uma caixa redonda de metal.

Cadu esqueceu a recomendação da bibliotecária, pegou um livro e colocou sobre a mesma mesa onde estava a tal caixa, que agora era seu interesse real. Discretamente, olhou a etiqueta colada nela, onde se lia:

Le Voyage dans la Lune (Viagem à Lua) – Directeur – Georges Méliès – 1902.

Parecia uma lata de filme antigo. Será que o filme estava lá dentro? Curioso, pegou seu celular e digitou em um site de busca o nome escrito na lata. Não demorou muito para certificar-se de que *Viagem à Lua* era mesmo um filme. Na verdade, era considerado o primeiro filme de ficção científica produzido no mundo!

Segurando a lata, Cadu a girou de um lado para o outro e constatou que havia algo dentro. Só podia ser o filme. A quem pertenceria aquilo? Naquela biblioteca não havia seção de filmes, muito menos antigos. Será que alguém o havia esquecido lá?

O ruído de uma cadeira sendo arrastada o assustou. Na mesa, ao lado da sua, sentara-se um garoto.

"Incrível!", pensou Cadu. "Não vi nem ouvi esse menino entrar..."

– Olá! – disse ao recém-chegado.

Não obteve resposta. Então ouviu passos vindos do corredor de entrada. Instintivamente, sem saber exatamente por quê, enfiou a lata do filme em sua mochila.

Em segundos, a bibliotecária apareceu.

– Eu disse que não devia pegar nada sem meu consentimento, rapazinho!

Cadu ficou sem ação. Será que ela o vira enfiar a lata na mochila?

– Eu só fiquei curioso, dona Creusa.

– Creuma. Meu nome é Creuma – disse a mulher, irritada; então pegou o livro que estava sobre a mesa. – *As Aventuras de Peter Pan*?! A história é ótima, mas você está um pouco crescidinho para ela, não acha?

Como Cadu nada respondeu, ela completou:

– Você cometeu uma infração. Que isso não se repita!

Em seguida, a bibliotecária devolveu o livro à estante.

– Retire-se, por favor! Vamos fechar para o almoço.

Cadu compreendeu que dona Creuma não vira a tal lata. Pelo jeito, não era dela.

Mais que depressa, pegou a mochila e foi saindo. Voltando a cabeça, percebeu que o outro garoto continuava lá, sentado à mesa.

– Dona Creuma, acho que aquele aluno não entendeu que a biblioteca vai fechar.

A bibliotecária baixou os óculos de armação roxa e lentes grossas, com ar de enfado.

– Já disse para se retirar. Não há mais ninguém aqui, além de nós dois.

Ao olhar para a mesa onde estava o garoto, ele já não estava mais lá. E só havia uma saída da biblioteca.

Com a cabeça cheia de perguntas, deixou o colégio e seguiu para o ponto do ônibus. De quem seria aquele filme que encontrara na mesa? Por que o pegara? Por que não o devolvera à bibliotecária? Como o colégio havia contratado uma mulher tão ríspida e esquisita para cuidar da biblioteca? E, por fim, que garoto estranho era aquele que só ele havia visto?

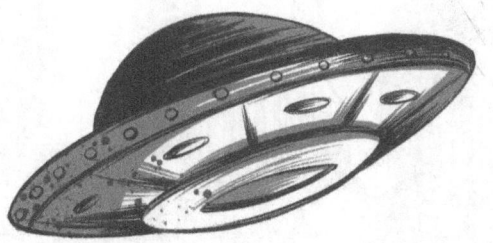

2. Inacreditável!

Era grande a distância entre a casa de dona Marô e o Colégio Casmurro. Ela morava em Itaipu, na região oceânica de Niterói; lugar de lindas praias. O Casmurro ficava bem no centro da cidade.

Cadu desceu da avenida Amaral Peixoto até o terminal de ônibus, à beira-mar, observando as lojas, os camelôs, as inúmeras barraquinhas dos calçadões, que vendiam toda sorte de quinquilharias.

Chegando ao ponto, entrou no coletivo de número 46, que o deixaria na esquina da casa de sua mãe.

Sentia-se saudoso e ia observando a paisagem pela janela. Quando o ônibus parou no ponto do bairro de Icaraí, teve um sobressalto: na rua, pareceu ver o mesmo garoto da biblioteca. Instintivamente, abriu a mochila e apalpou a lata com o filme. Estava ali.

O ônibus voltou a andar e o tal garoto não subiu.

"Deve ser só alguém parecido com ele", pensou Cadu. "Mas por que teria associado o garoto ao filme, a ponto de conferir se estava na mochila?"

∗∗

Passava de uma hora da tarde quando chegou em casa.

Ele havia nascido ali. Passara a infância jogando bola e andando de bicicleta nas ruas mistas de terra e areia. Após a separação, seu pai pediu transferência para o Judiciário de São Paulo. Quando os pais se separaram, decidiu-se que ele passaria metade do ano com o pai, que tinha ido trabalhar no Judiciário em São Paulo, e metade com a mãe, dona de uma das lojas de roupas femininas mais badaladas de Niterói. Por seis meses, Cadu sentia falta da cidade, claro. Mas morar em Sampa rendeu-lhe fazer os melhores amigos do mundo: Shaila e Pedro.

Estava faminto.

Dona Marô veio recebê-lo com um beijo.

– Não foi pra loja hoje, mãe?

– Não fui ainda. Mas vou. Depois de deixar você no colégio, voltei pra casa. Queria preparar uma comidinha gostosa para almoçarmos juntos. Mas não vá se acostumando, viu? – disse ela, sorridente, já se encaminhando para a cozinha. – Vem, filho!

– O cheirinho tá bom, hein, mãe! – Cadu elogiou.

Assim que se sentou à mesa, nova surpresa: um embrulho ao lado de seu prato o esperava... Ansioso, rasgou o papel e encontrou um *tablet* novinho. Fazia tempo que queria um daqueles!

– Mãe, você é demais!!! – berrou, ligando o aparelho.

Dona Marô saboreou a alegria nos olhos do filho.

– Deixe pra mexer com isso depois do almoço. Ah, e seu pai mandou mensagem, quer falar com você – comentou ela.

– Por que, aconteceu alguma coisa?

– Claro! Saudades. Dê uma ligadinha para ele mais tarde, filho.

Cadu almoçou com a mãe, ficou um tempo mexendo no *tablet*, depois ligou para o pai.

— E aí, paizão!

— Filho, até que enfim lembrou que tem pai! — disse, feliz, seu Alberto. — Mas justamente agora não posso falar com você. Estou entrando em uma audiência.

— Tudo bem, pai. Me liga mais tarde.

Cadu também sentia falta dele. Um companheirão, tanto quanto a mãe.

A tarde ensolarada o chamava para a praia de Itacoatiara. Queria rever os amigos surfistas, que não encontrara no fim de semana.

Além de todos os esportes que fazia, Cadu também adorava surfar com os amigos.

Ele costumava dizer que não tinha a vivência deles, mas às vezes acertava.

Só quando as primeiras estrelas surgiram no céu foi que deixou o mar.

Voltou para casa a pé. Resolveu parar na padaria da esquina de sua rua para tomar um picolé. Ao entrar, sem querer, bateu com a ponta da prancha em um garoto que saía. Voltou-se para pedir desculpas, mas... não havia ninguém.

Um arrepio de frio e uma vontade imensa de estar perto da lata com o filme, que achara na biblioteca, se apossaram dele.

Esquecendo-se do sorvete, saiu em direção a sua casa.

Chegou ofegante. Dona Marô ainda não havia retornado da loja.

Foi para o quarto e abriu a mochila da escola. A lata continuava ali. Abriu-a e tocou o filme, um rolo de celuloide, coisa do século passado.

"O que está acontecendo comigo?", pensou.

Tinha certeza de que esbarrara em um garoto, na padaria. De repente, não havia ninguém. E aquela vontade de estar perto do filme?

Cheio de dúvidas, Cadu tomou um banho e esperou pela mãe. Mais tarde, seu Alberto ligou. Pai e filho conversaram. Cadu contou o que já fizera e quem encontrara em Niterói, mas não sobre suas dúvidas. Afinal, eram só dúvidas. Certeza só tinha uma: queria assistir àquele filme.

Na manhã seguinte, como de costume, pegou carona com dona Marô até o Colégio Casmurro. No caminho, avisou-a de que só voltaria para casa bem mais tarde. Tinha ouvido alguns comentários sobre a Reserva Cultural e queria conhecer o lugar.

A mãe achou a ideia ótima. Valia muito a pena explorar o espaço, que era recente na cena cultural da cidade.

A Reserva Cultural Niterói consistia em um complexo de cinemas, livraria, restaurantes, lanchonetes e lugar para apresentações teatrais ao ar livre. A obra fazia parte do Caminho Niemeyer, que começava no centro da cidade e terminava na estação de barcas do bairro de Charitas. Todas as construções levavam a assinatura do brilhante arquiteto Oscar Niemeyer.

– Então está combinado – disse dona Marô. – Você visita a Reserva Cultural, depois me encontra na loja, e vamos juntos para casa, ok?

– Hum... tudo bem – resmungou o filho. – Te ligo quando estiver indo.

Cadu desceu na entrada do colégio. Por precaução, levava a mochila pendurada ao peito, em vez de colocá-la às costas.

Ao entrar, cruzou com dona Creuma, a bibliotecária, com a mesma expressão de poucos amigos.

– Que cara é essa? – perguntou um colega. – Parece que viu um E.T.

Cadu custou a entender o que o outro dissera. Por fim, respondeu:

– É essa nova bibliotecária, que parece um E.T.

O amigo deu risada.

– É mesmo. A dona Salete era bem mais maneira.

Os dois seguiram para a classe conversando sobre os professores.

A manhã custou a passar. E, apesar de Cadu não ter tido tempo ainda de conversar com metade dos colegas da unidade, assim que o sinal de encerramento das aulas soou, ele se despediu e foi para a rua.

Tinha decidido ir à Reserva não só para conhecê-la, mas para tentar assistir ao filme. Ele era muito antigo, e Cadu sabia que precisaria de um projetor específico para filmes de rolo. Esperava que na Reserva Cultural houvesse um.

Ao chegar, viu um grupo de estudantes descendo de um ônibus de turismo e entrando no local, onde um guia os recebeu. Misturando-se a eles, Cadu procurou pelo balcão de informações.

– Por favor – dirigiu-se à recepcionista –, tenho um filme muito antigo que gostaria de assistir – explicou, mostrando a lata. – Mas acho que tem que ser em um projetor especial. Por acaso vocês têm algum aqui?

A moça não soube responder, mas sugeriu:

– Faça o seguinte: vá com a sua turma assistir ao filme sobre UFOs. Enquanto isso, eu me informo se existe algum equipamento para projetar filmes antigos.

Cadu ia dizer que não estava com o pessoal da excursão, mas, como o filme era sobre UFOs, decidiu entrar no cinema e assistir. Aquilo o interessava. Costumava dizer que, se os humanos tinham descido na Lua, por que seres de outros planetas não podiam vir à Terra?

Como tinha se demorado na recepção, Cadu entrou na sala de projeção quando as luzes já estavam apagadas. Para não atrapalhar, sentou-se no primeiro lugar vago que encontrou.

– Desculpe, faz tempo que começou? – perguntou para o garoto sentado ao seu lado.

Mas só ouviu a frase:

– *Destrua o filme!*

Engraçado que a voz não parecia ter saído da boca do garoto, que estava de olho na tela, mas sim de sua própria imaginação. Cadu olhou para o lado e novamente ouviu:

– *Destrua o filme!*

Incrédulo, constatou que se tratava do mesmo garoto que tinha encontrado na biblioteca do Casmurro. E, incrível, quando olhou para ele de novo, o garoto já não estava mais lá.

Apavorado, fez menção de sair da sala, mas seu corpo não lhe obedeceu. Parecia ter recebido um comando mental: devia continuar ali e assistir ao filme.

**

A legenda dizia que era uma história verídica, passada na cidade de Catania, na Itália, em 1990. Certa noite, na varanda de sua casa, em uma pequena fazenda, o proprietário observava as estrelas. De repente, um estranho facho de luz misturou-se a elas. Aos poucos, o fazendeiro percebeu que a luz aumentava. Constatou que não era uma estrela.

A rapidez com que a luz se aproximava permitiu ao fazendeiro observar também que não era apenas um facho de luz no céu: era um disco voador.

Baixando cada vez mais, o disco passou a circundar a fazenda.

O senhor se apavorou, mas, como era um grande apreciador da astrologia e acreditava piamente na existência de objetos voadores não identificados, os chamados UFOs, entrou em casa e pegou sua filmadora.

Quando o fazendeiro voltou à varanda para gravar, a nave já voava a mais ou menos sete ou oito metros do chão, a uma velocidade aproximada de vinte quilômetros por hora. Parecia fazer um reconhecimento do solo, antes de pousar.

Quando pousou, alguém desceu da nave, olhando fixamente para a casa, e o fazendeiro recebeu um recado mental:

– *Destrua o filme!*

Ao ouvir aquilo, Cadu se arrepiou. Não era possível! O fazendeiro do filme ouvira o mesmo que ele? Coincidência?

Não, não era. Cadu teve essa certeza quando a câmera focalizou uma pessoa que descia do disco voador. Era o mesmo garoto da biblioteca.

"Será que estou tendo alucinações?", pensou ele.

Como podia aquilo ser real? O garoto estava, havia pouco, sentado ao seu lado e agora o via dentro do filme, dando a mesma ordem ao fazendeiro!

Quis ir embora, mas seu corpo continuava rijo. Foi obrigado a ver o final da película.

E teve mais uma surpresa. O fazendeiro fora guiado mentalmente para o filme que deveria destruir: *Le Voyage dans la Lune* (*Viagem à Lua*). Aquele fazia parte de sua coleção de filmes sobre UFOs e seres de outros planetas...

3.
Sinistros em Cena

Em pânico total, finalmente Cadu conseguiu se mover. Abraçou a mochila junto ao peito e saiu da sala de projeção. Desceu as escadas que separavam as salas de cinema do saguão principal e procurou a recepcionista.

– Infelizmente, aqui na Reserva, não temos projetor compatível com seu tipo de filme – informou ela. – Mas anotei alguns contatos de colecionadores de filmes antigos, em Niterói. Certamente algum deles deve ter o projetor que você procura.

Ainda perturbadíssimo com o ocorrido, Cadu pegou o papel que a recepcionista lhe ofereceu, agradeceu e rumou para o ponto do ônibus.

Enquanto esperava pelo coletivo, recordava o ocorrido dentro do cinema e pensou: "Talvez seja melhor procurar este filme na internet para assisti-lo...", mas logo desistiu da ideia, pois a questão, para ele, estava naquela cópia.

Assim que o ônibus chegou, Cadu subiu. Mas, antes que pudesse se acomodar, viu de novo pela janela do ônibus o mesmo garoto olhando para ele. E, imediatamente, a voz em sua mente repetiu:

– *Destrua o filme!*

"Caraca! O que tá acontecendo comigo?", perguntou-se, desnorteado.

O ônibus seguiu sua rota, e só quando parou no ponto da praia de São Francisco, um bairro depois de Icaraí, foi que Cadu lembrou-se de que tinha combinado encontrar sua mãe na loja.

Mandou um recado pelo celular, explicando a distração e desculpando-se. Iria direto para casa. Mais tarde se encontrariam.

Sua cabeça fervilhava de ideias. Quem seria aquele garoto misterioso? Por que escolhera segui-lo pela cidade? O que será que o menino-fantasma tinha a ver com o filme? Sim, porque fora desde que encontrara o filme na biblioteca do Casmurro, e se apoderara dele, que o tal garoto começara a aparecer. Agora, também ouvia mentalmente o pedido de destruição.

Chegou em casa com a decisão tomada: era hora de acionar Pedro e Shaila, seus amigos do peito e colegas do Colégio Casmurro de São Paulo.

Sempre juntos, Shaila, Pedro e Cadu eram os responsáveis pelo jornal quinzenal daquela filial: *O Sinistro*.

Ao assumirem o jornal, que existia há muito tempo, tinham descoberto que, por longos e longos anos, o periódico não se limitara a divulgar as festas do colégio, os aniversários dos alunos, os artigos educativos dos professores e acontecimentos marcantes da época. Por quase duzentos anos, a salinha debaixo da escada, onde funcionava a redação do jornal do Colégio Casmurro paulista, tinha sido a sede de uma sociedade secreta...

E o nome Sinistro era, nada mais, nada menos, que um acróstico:

S ociedade de
I nvestigação e
N eutralização de
I ndesejáveis
S eres
T enebrosos,
R epugnantes e
O cultos

Ou seja, os redatores do jornal foram, desde os anos 1820, caçadores de monstros!

Fascinados por essa descoberta, os três amigos também se inteiraram sobre edições antigas, que continham textos enigmáticos ocultos e bestiários pavorosos, acomodados em estantes secretas na redação.

Por essas e outras, Cadu, Shaila e Pedro resolveram assumir o cognome de Os Sinistros e realizar tarefa dupla: redigir o jornal e ajudar a espantar fantasmas, neutralizar monstros mitológicos e folclóricos, decifrar enigmas ameaçadores *et cetera*; caso isso ocorresse, é claro!

Enquanto aguardava seu computador inicializar, Cadu foi fuçar na geladeira; preparou um sanduíche e um suco. Era jovem, esportista e nem só de monstros, fantasmas e seres de outro mundo podia viver, pensava.

Levou o lanche para seu quarto, ligou o *tablet*, abriu o WhatsApp© e clicou no grupo dos Sinistros. Tanto Pedro quanto Shaila estavam on-line.

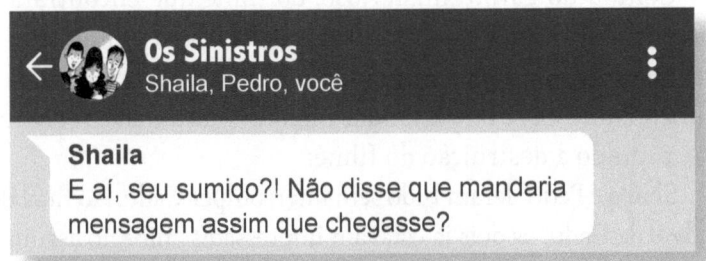

> Mas sabe como é, eu...

Pedro
... tá com três garotas ao mesmo tempo, e fica difícil lembrar dos velhos amigos.

> E aí, seu gaúcho nerd, continua tomando muito chimarrão? E você, Shaila, sua paulistinha letrada, lendo muito e ouvindo rock clássico, pra variar?

Shaila
Não enrola, Cadu! Nem pense que, porque vai passar o semestre aí, vai se livrar de escrever matérias para o jornal! Você tem duas semanas pra nos mandar para nos mandar um texto. Que tal um artigo sobre alguma coisa legal da sua cidade?

O momento das brincadeiras saudosas havia passado. E Cadu resolveu entrar no assunto que tanto o preocupava.

> Acho que isso pode ficar para depois. Tem coisas sinistras acontecendo aqui, viu?

Contou do garoto misterioso, do filme que encontrara e do que assistira na Reserva Cultural. Também o fato de não ter conseguido se mexer quando tentara sair do cinema. Por fim, relatou sobre os comandos mentais que andava recebendo, pedindo a destruição do filme.

Shaila e Pedro leram tudo sem interromper Cadu. Ao final do relato de Cadu, os dois já estavam interessadíssimos no assunto.

> **Pedro**
> Bah![1] Será que tu viste um E.T.?

> **Shaila**
> Meu, isso tudo é irado, sinistro! Será que a voz que você ouve é como a da fantasma que se comunicava comigo, lá em Minas?[2]

> **Pedro**
> Ou como as manifestações do espírito que assombrava a igreja perto da casa do meu tio, em Porto Alegre![3]

> Não tenho ideia. Foi por isso mesmo que contei pra vocês. É mais um caso para os Sinistros investigarem...

Shaila se animou. Pedro nem tanto, mas concordou que precisariam descobrir a verdade. Ao final da conversa, ficou combinado que Shaila e Pedro pesquisariam tudo o que encontrassem sobre o tal filme *Viagem à Lua*, e assim que tivessem material interessante voltariam a se falar.

Antes de fecharem o Whats, porém, Pedro ainda tinha novidades.

---

[1] Na linguaguem informal de alguns estados do Norte e do Nordeste, bem como do Rio Grande do Sul, o pronome indicativo da segunda pessoa do singular "tu" é mais utilizado do que o pronome de terceira pessoa "você". O mesmo ocorre com muitos falantes da cidade do Rio de Janeiro e de Santos. Muitas pessoas que usam o "tu" na conversação coloquial, como o personagem desta série, Pedro, não flexionam o verbo na segunda pessoa do singular, porém na terceira.
[2] Isso aconteceu no livro *Aventura na Mina da Passagem*, terceiro livro da série Os Sinistros.
[3] Esse espírito é personagem do livro *Os Fantasmas da Igreja*, segundo livro da série Os Sinistros.

> **Pedro**
> Tu sabe aqueles primos insuportáveis de dona Esperidiana, o Espério e o Idião? A gente ouviu dizer que eles andam vistoriando os outros colégios da rede Casmurro. Logo devem fazer uma vistoria aí na filial de Niterói.

Dona Esperidiana era a diretora-geral dos Colégios Casmurro e não se dava bem com seus primos. Se eles andavam rondando as unidades escolares, coisa boa, com certeza, não era.

Cadu concluiu que tinha sido muito bom repartir seu segredo com Shaila e Pedro. Estava certo de que juntos desvendariam mais aquela história fantástica. Pois já não haviam desmascarado outros seres fantásticos do além? Até uma espécie de vampiro esquisito já tinham enfrentado.[4]

Estava tão imbuído com aqueles assuntos sinistros, que nem ouvira a mãe chegar.

– Muito bonito, hein, seu Carlos Eduardo? – disse ela, zombeteira. – Queria tanto exibir meu filho-gato pras minhas clientes, e você não aparece!

– Ai, mãe, foi mau! Mas já pedi desculpas, né?

– Já vi que vou ter que lanchar sozinha também.

– Aí que você se engana! Eu até já lanchei, mas te faço companhia.

Mãe e filho, acomodados à mesa da cozinha, entraram no assunto da Reserva Cultural. Dona Marô queria saber o que o filho tinha achado do local.

– Show de bola, mãe! Adorei! Quero voltar lá várias vezes. Até assisti um filme sobre UFOs.

---

[4] O confronto com essa criatura é contado no livro *O Invisível Sugador de Sangue*, primeiro livro da série Os Sinistros.

– Sério? Que legal! Já pensou se aparecesse um disco voador aqui no nosso quintal? – brincou dona Marô.

Cadu deu um sorriso sem graça e aproveitou o ensejo:

– Mãe, estou pesquisando sobre filmes antigos, e eu gostaria de assistir um que trouxe de São Paulo. Pensei que talvez a Reserva Cultural tivesse um projetor antigo, mas não tem. A recepcionista de lá me deu uma lista de colecionadores de filmes antigos, aqui de Niterói, que talvez tenham. Será que você conhece algum desses nomes?

Dona Marô pediu para ver a relação de cinéfilos e comemorou:

– E não é que conheço!

Apontou o nome de uma cliente de sua loja.

– Ela vive sozinha em um apartamento lindo, de frente para o mar. É apaixonada por filmes antigos, tem uma coleção enorme deles, inclusive mais de um projetor. Vou ligar pra ela já.

Com a mãe de Cadu era assim: *pá e pum*, como o filho sempre dizia.

Em poucos minutos, dona Marô voltou com a resposta.

– A Fernanda disse que vai ser um prazer te receber. Disse pra você ligar e combinarem dia e hora.

Depois de conversar com a mãe, ouvindo notícias de familiares e vizinhos, Carlos Eduardo deu boa-noite.

– Tô podre, mãe!

Ela riu, beijou o filho e os dois se dirigiram cada um para o seu quarto.

Cadu apagou a luz e foi à janela. Olhou o céu cheio de estrelas. Não viu nenhum facho estranho de luz entre elas, como o fazendeiro do filme, nenhum disco voador. Mas nem precisava. Estava mais próximo dos objetos voadores desconhecidos do que poderia imaginar.

4. O Compositor

Émile Zola foi um grande escritor francês, nascido em Paris, em 2 de Abril de 1840.

Expoente do Naturalismo, estilo que exibia uma crítica social intensa, Zola escreveu *Thérèse Raquim*, primeiro romance naturalista de sua época.

Por causa das severas críticas sociais de seus romances, Émile Zola granjeou vários inimigos.

Apesar de escritor polêmico, Zola era um homem caseiro e calmo; os livros e os filmes eram seus melhores companheiros.

Certa noite fria de outono, mais precisamente no dia 29 de setembro de 1902, Émile Zola sentou-se à beira da lareira de sua casa, em Paris, para assistir a um filme recém-lançado; mais tarde seria considerado o primeiro filme de ficção científica, dirigido pelo também francês Georges Méliès: *Le Voyage dans la Lune*.

Porém, o que tinha tudo para ser uma noite agradável acabou em tragédia.

No dia seguinte, Émile Zola foi encontrado morto. Aparentemente, a causa mortis foi a inalação de uma quantidade letal de monóxido de carbono, proveniente de um defeito na lareira. Alguns estudiosos, no entanto, em razão das misteriosas circunstâncias do ocorrido, não descartaram a possibilidade de homicídio.

Ao terminar de ler sobre o caso de Émile Zola em um site de busca, Shaila se assustou. Não podia ser coincidência. O escritor tinha assistido ao filme e morrido. Seria possível o mesmo garoto que seguia Cadu estar vivo no ano de 1902?

"Claro que não!", pensou ela.

Encontrava-se em plena aula de História e acabara de consultar a Enciclopédia de Vultos Famosos para um trabalho daquela matéria, quando dera com a frase *Viagem à Lua* no índice. O que a levara àquela página?

Não quis perder tempo: comunicou-se rapidamente com Pedro, pelo Whats.

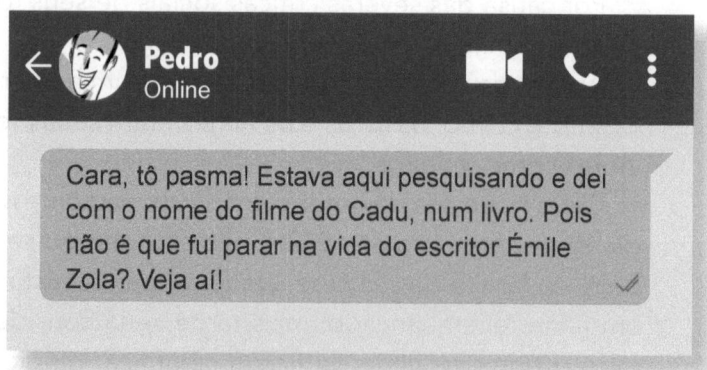

Fotografou a página e enviou para o amigo.

Em segundos, Pedro respondeu com um *link*. A garota recebeu e clicou; foi parar numa página que falava sobre a vida do compositor tcheco Antonín Dvorák.

Antonín Leopold Dvorák nasceu em Praga, na Tchecoslováquia, em 1841. Foi um compositor da era romântica e passou por várias especialidades. Estreou como violinista de orquestra e organista de igreja. Foi justamente este último trabalho que o levou a conhecer Johannes Brahms, já famoso como compositor, que o ajudou a alavancar sua carreira.

Entre as várias obras do compositor tcheco, destacou-se a *Sinfonia do Novo Mundo*.

Antonín Dvorák tinha um gênio explosivo e excêntrico. Não apreciava mudar de residência e gostava de usar roupas provocativas. Tinha o hábito de escrever suas ideias e impressões sobre os punhos das camisas.

Em 1.º de maio de 1904, estava Dvorák em sua casa, em Praga, trabalhando em mais uma de suas composições, quando se sentiu mal. Um calor, uma inesperada dor de cabeça. Acreditando ser cansaço, o compositor foi recostar-se em sua poltrona predileta, na sala. Como costumava fazer, olhou os punhos de sua camisa, para ver se havia anotado alguma ideia interessante para a obra em que trabalhava. Em vez disso, encontrou uma observação sobre um filme que assistira há poucos dias: "Adorei o filme *Le Voyage dans la Lune*!" E, para sua surpresa, no mesmo punho ele leu a estranha frase: *Destrua o filme!*

Dvorák tinha certeza de que não fora ele quem escrevera aquilo. Mas não pôde descobrir quem o fizera. Naquele mesmo dia, teve um derrame cerebral que o levaria à morte, aos 62 anos.

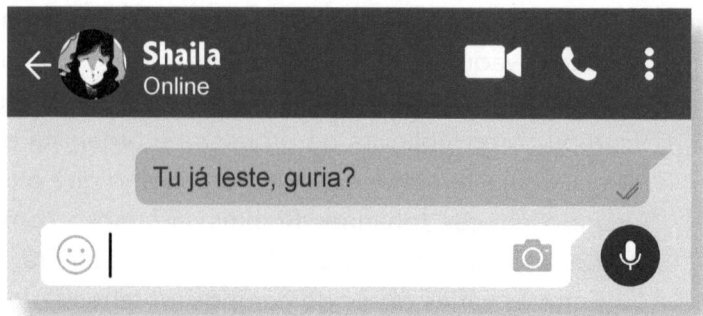

Shaila estava tão perplexa que nem ouviu o toque da mensagem de Pedro. Também não pôde vê-lo, em outra sala de aula, gesticulando e fazendo mímica para ela diante da telinha.

– Pode-se saber o que está acontecendo com o senhor, seu Pedro? – disse a professora de geografia. – Está treinando para alguma pantomima?

Sem graça, Pedro pediu desculpas, sumiu com o celular debaixo do caderno e resolveu esperar pelo intervalo para conversar com Shaila.

**

Enquanto isso acontecia na matriz do Colégio Casmurro de São Paulo, na filial de Niterói ocorria o inesperado. As aulas do período pré-intervalo haviam transcorrido normalmente. Mas, ao soar o sinal para o intervalo, algo incrível sucedeu.

Cadu descia as escadas para o pátio conversando com duas colegas, ambas candidatas a futuros rolos. De repente, viu um garoto que parecia conhecido.

"Será ele?", perguntou-se.

Não. Não era possível. O garoto que havia visto usava o uniforme do Casmurro. Mas uma certeza ele teve: começava a ficar com raiva daquele garoto misterioso, que parecia querer transformar sua vida num inferno.

Despediu-se das garotas e deu meia-volta. Não podia fugir de uma nova sensação, também estranha. Uma vontade enorme de ir à biblioteca. "Mas ir até lá fazer o quê? Dar de cara com aquela bibliotecária chata?" Cadu queria e não queria ir.

Apesar de tudo, foi. Dona Creuma o recebeu com a secura de sempre.

– Por que vem sempre em horas impróprias, hein, rapazinho? Daqui a minutos terá de voltar para a aula.

– Vou só dar uma espiadinha nos livros sobre cinema, dona Creuma. Não demoro.

Ao se afastar, Cadu percebeu que a bibliotecária o vigiava; era óbvio que não confiava nele.

Procurando pelo corredor onde havia livros sobre cinema, percebeu que um vulto passou por trás de uma das estantes.

– Quem está aí? – perguntou.

Em segundos, o garoto misterioso apareceu à sua frente, com o uniforme do Colégio Casmurro. Cansado daquela perseguição, Cadu agarrou a camiseta do outro e ameaçou:

– Se você continuar me perseguindo, vou dar queixa na diretoria. Tô cansado de você, cara! Fala logo o que quer de mim!

Ele falando e o garoto misterioso só ouvindo, com os olhos arregalados.

Repentinamente, ele pegou com delicadeza a mão de Cadu e a retirou de sua camiseta. Seu toque era gelado, algo que Cadu nunca sentira. O toque de um corpo sem vida.

Pânico, curiosidade, incredulidade, todas essas sensações se apossaram dele.

– Quem é você? – Cadu perguntou, com a voz tremida.

O outro, fixando o olhar nele, e sem mexer os lábios, disse:

– Sou Selênio. *Destrua o filme!*

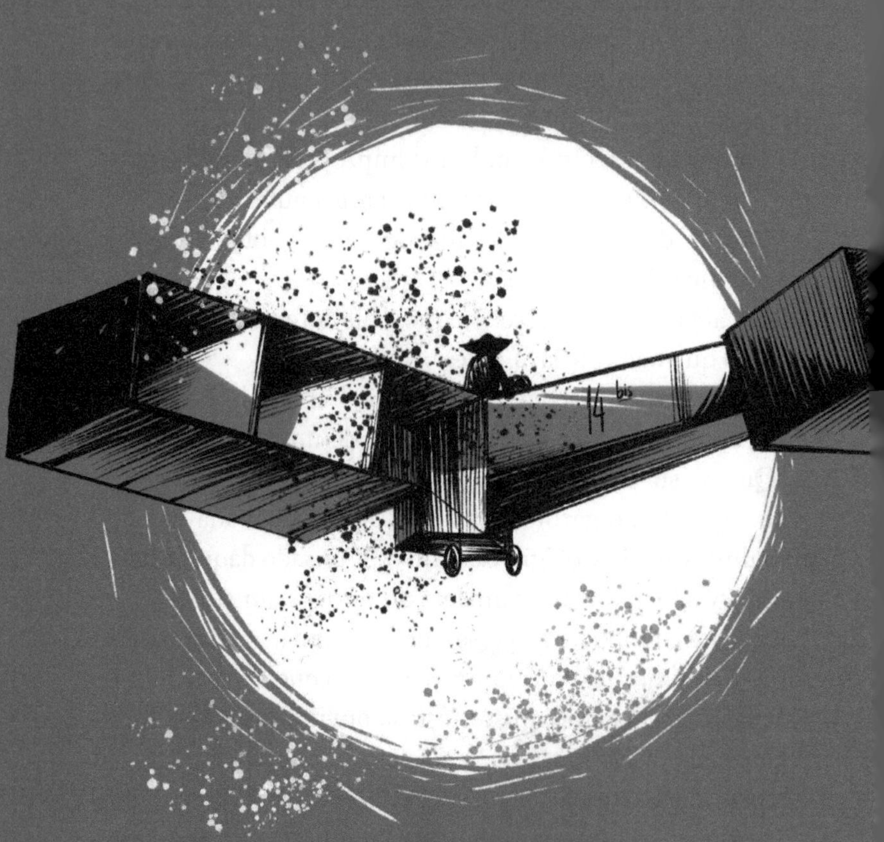
14 bis

5. O e Avião

No intervalo das aulas, Pedro e Shaila puderam navegar mais nos sites de busca e conversar à vontade sobre suas descobertas.
– Tô de boca aberta, guria! Vou confessar: nunca tinha ouvido falar nesse tal Antonín Dvorák.
– Nem eu... Mas do Émile Zola, sim – disse Shaila.
– Sabe que sou rata de biblioteca, né? E você viu a lista enorme de pessoas e acontecimentos desastrosos ligados ao filme, Pedro?
– Bah, se vi! Aliás, tô louco pra explorar mais aquela lista.
– Eu também. Mas é bom a gente dar um tempo, aqui no colégio. A professora de geografia podia ter mandado você sair da aula.
– Podia mesmo... Escuta, guria, topa ir almoçar na minha casa? – Daí a gente pesquisa junto.
Shaila adorou a ideia. Ligou para os avós, com quem morava desde a morte dos pais, avisando-os. Já Pedro não avisou ninguém, visto que seus pais não estariam no apartamento. Os dois eram médicos, transferidos há alguns anos de Porto

Alegre para São Paulo, tinham a agenda de trabalho sempre cheia e raramente iam almoçar em casa.

Tudo acertado, os dois amigos, após as aulas, rumaram para o apartamento de Pedro.

**

Ainda chocado com o que ouvira do garoto misterioso, que agora sabia se chamar Selênio, Cadu o viu caminhar, apressado, em direção à saída da biblioteca.

– Ei, Selênio, volte aqui! – chamou, em voz alta.

– Mas estava demorando para você aprontar alguma, hein, rapazinho? – repreendeu-o dona Creuma. – Estamos em uma biblioteca, não num supermercado.

O sinal para reinício das aulas soou, e Cadu não queria perder Selênio de vista. Mas a bibliotecária não lhe deu sossego.

– Quem você estava chamando, se só estamos nós dois aqui?

– Impossível que a senhora não tenha visto o outro garoto que estava aqui, dona Creuma! Ele disse que se chama Selênio.

– Você precisa refrescar a cabeça, rapazinho. Anda vendo coisas demais.

Dito isso, voltou para sua mesa.

Mais intrigado que nunca, Cadu foi para a sala de aula, mas não conseguiu prestar atenção em nada. Sua cabeça estava em Selênio. Que nome estranho!

Ávido demais por respostas, pegou o celular e digitou o nome do garoto misterioso em um site de busca. As respostas o fizeram arregalar os olhos.

> **Selênio:** Mineral essencial para o funcionamento correto do organismo de crianças, adolescentes e adultos.

Selenita ou selenite (do grego selene, Lua): entre outras coisas, o termo também designa (a) o hipotético **habitante da Lua** ou (b) um cristal usado para meditação.
– Habitante da Lua! Caraca! Será possível que o Selênio seja um habitante da Lua? – Nem percebeu que estava pensando em voz alta. – Isso explicaria o fato de aparecer e sumir em questão de segundos. Mas por que só eu o vejo? E por que será que ele me pede para destruir o filme?

– Seu Carlos Eduardo, poderia fazer o obséquio de desligar o celular? – pediu o professor de matemática. – Sabe que é proibido usar o celular durante a aula, não sabe? Está acostumado a falar sozinho, ou é só na minha aula?
Muitos colegas riram. Cadu ficou sem graça.
– Foi mal, professor – desculpou-se.

**

Ao término das aulas, Cadu se dirigiu ao ponto de ônibus. Tinha pressa de chegar em casa. Precisava ligar, de uma vez por todas, para aquela conhecida da mãe, dona do projetor antigo. Alguma coisa lhe dizia que o filme esclareceria, se não todas, uma boa parte de suas dúvidas.
Já no coletivo, seu celular tocou.
– E aí, guri? É o Pedro.
– Como se eu não soubesse. Com esse sotaque dos pampas!
– Olha, a Shaila e eu te mandamos duas pesquisas que fizemos. Tu vai cair de quatro.
– Sério?! Eu também tenho novidades incríveis pra contar.
– Legal. A Shaila tá aqui em casa. Veio almoçar, pra podermos continuar as pesquisas. Lê o que a gente mandou, ok?

— Vou fazer isso assim que chegar em casa. Valeu. Depois a gente se fala.

＊＊

Pedro desligou o celular e deu as notícias para Shaila, que estava ansiosa por saber o que Cadu dissera. Depois seguiram para o quarto dele. Ansioso para obter novas informações sobre aquele caso tão instigante, Pedro ligou o computador.

A garota acomodou-se ao lado do amigo e o viu digitar o mesmo *link* que mostrava os acontecimentos relativos ao filme *Viagem à Lua*.

— Olha isto, guria! — espantou-se Pedro. — Remete ao Titanic. Por que será?

— Só vendo, né. Entra logo aí!

E os dois, estupefatos, constataram:

> O Naufrágio do Titanic
>
> Expoente da ousadia humana, orgulho da engenharia náutica, colosso de 269 metros de comprimento e 46 mil toneladas, obra-prima de 7,5 milhões de dólares, o navio Titanic, tido como inexpugnável, soçobrou em sua viagem inaugural, ao colidir com um iceberg.
>
> Nas últimas horas do dia 14 de abril de 1912, o navio afundou, levando consigo a vida de mais de 1.500 pessoas nas águas gélidas do Atlântico Norte. Ao choque e à incredulidade pela notícia, soma-se agora, no rescaldo da acachapante tragédia, a ânsia pelas respostas às perguntas que não querem calar. Como um gigante do porte do Titanic pôde ter simplesmente afundado pelo choque com um iceberg? Por que o maior e mais moderno navio

do nosso tempo não oferecia plenas condições de segurança a todos os seus passageiros? Autoridades dos Estados Unidos e da Inglaterra já se mobilizam para investigar as causas do naufrágio.

Ao longo dos anos, vários estudos foram feitos, em busca de respostas mais precisas. Muitas curiosidades a respeito do navio foram detectadas. Entre elas, consta que no momento em que o Titanic abalroou o iceberg, mais precisamente por volta das 23 horas e 40 minutos do dia 14 de abril, grande parte dos passageiros da primeira classe encontrava-se em uma sessão de cinema, comodamente instalada no anfiteatro do transatlântico. A película apresentada era o primeiro filme de ficção científica, criado e dirigido pelo francês Georges Méliès: *Le Voyage dans la Lune*.

Shaila e Pedro não podiam acreditar no que acabavam de ler.

– Gente! Tô em choque! – exclamou a garota. – Todo mundo tá careca de saber que o Titanic afundou porque bateu num iceberg.

– Até hoje, né, guria? Agora, a gente já sabe que esse filme tem um quê de amaldiçoado. O Titanic até pode ter batido no iceberg, mas quem prova que ele não foi *levado* a bater?

– A troco de quê, Pedro?

– De que grande parte dos passageiros da primeira classe estar justamente assistindo ao filme do Cadu.

Shaila ficou pensativa. Mil e quinhentas pessoas mortas por causa de um filme, era demais...

– Que raios tem esse filme pra causar tanta encrenca?

– Isso é o que o Cadu tá querendo descobrir.

**

Em Niterói, Cadu, em vão, tentara falar ao telefone com Fernanda, a amiga de dona Marô. Telefone residencial sem atendimento, celular fora de área. Já não aguentava mais esperar. Mas, como dizia a mãe, a paciência é a alma do negócio.

Assim, depois de almoçar, ligou seu notebook, e lá estava o e-mail de Pedro com as primeiras pesquisas anexadas. Leu com um misto de interesse e espanto. Nunca pensara que o filme misterioso também carregasse uma maldição, há mais de um século, nem que seria o possível causador de tantas tragédias.

Depois de conferir as descobertas dos amigos, respondeu ao e-mail contando do seu encontro com Selênio. Aproveitou ainda para checar, ele mesmo, a tal lista de fatos relacionados ao filme. E encontrou vários:

Anos 2000
Junho de 2002
O Brasil acaba de se sagrar pentacampeão mundial de futebol. Milhões de brasileiros, do Oiapoque ao Chuí, comemoram a façanha. Um fato curioso ocorreu após as comemorações dos jogadores. Um deles, apaixonado por cinema, convidou os colegas para assistir ao clássico *Viagem à Lua*. Porém, antes mesmo de se iniciar a película, as luzes do salão onde estavam se apagaram, e tanto a tela quanto o projetor e o filme se incendiaram. Até o presente momento, não se sabe dizer o que ocorreu.

Dezembro de 2004
Um Tsunami, na Indonésia, matou 220 mil pessoas. Um dos primeiros a ser tragado pelas águas foi um

homem que, para divulgar sua videolocadora, distribuía cópias gratuitas do primeiro filme de ficção científica: *Viagem à Lua*.

Maio de 2008
Um terremoto em Sichuan, na China, matou cerca de 90 mil pessoas. A primeira construção a desabar, dando o alerta do terremoto, foi uma videolocadora de nome *Viagem à Lua*, cujo chamariz para atrair clientes era passar, desde a hora que abria as portas até o seu fechamento, o filme *Viagem à Lua*...

Cadu fechou o programa do computador, interrompendo a leitura. O que significava tudo aquilo? Nunca tinha ouvido falar sobre aquele filme e, no entanto, ele estava ligado a tantos fatos! Mas precisaria esperar até o dia seguinte para receber alguma resposta. Se é que receberia...

✻ ✻

E, em São Paulo, Pedro e Shaila deparavam-se com outro caso assustador a respeito do filme:

Alberto Santos Dumont nasceu em Palmira, atual Santos Dumont, em 20 de julho de 1873. Foi aeronauta, esportista e inventor brasileiro. Projetou, construiu e voou nos primeiros balões dirigíveis com motor a gasolina. Conquistou o Prêmio Deutsch, em 1901, quando, em um voo, contornou a Torre Eiffel com o seu dirigível número seis, transformando-se em uma das pessoas mais famosas do mundo durante o século XX.

Apesar de todas essas glórias, Alberto Santos Dumont tirou a própria vida em um quarto do Grande Hotel de La Plage, Guarujá, em 23 de julho de 1932. O motivo, dizem alguns, teria sido uma profunda depressão causada pela constatação de que o avião, seu invento, estava sendo usado para fins militares. Tinha virado um instrumento de morte e destruição.

Há quem diga que o motivo do suicídio, além do citado acima, pode ter sido uma desilusão amorosa. E outra explicação, bastante misteriosa, afirma que Santos Dumont fora assistir ao filme *Viagem à Lua*, depois voltou para o hotel e decidiu dar fim à própria vida. Não há provas, no entanto, que tenha havido relação entre uma coisa e outra. O fato é que o aviador não desceu para almoçar em 23 de julho de 1932. Os funcionários do hotel arrombaram a porta do quarto 152, no qual Dumont se encontrava, e viram o inventor já sem vida.

– Bah! Que tri! – exclamou Pedro.
– Tá louco, Pedro? O pobre se mata e você acha que é tri?
– Não, Shaila! Acho tri a gente achar tanta coisa relacionada com o filme.
– Bom, isso é mesmo. Sinistro, mas tri...

Escurecia, e Shaila despediu-se de Pedro; continuariam as pesquisas no dia seguinte.

**

– Alô, dona Fernanda?
– Sim.

– Aqui é o Carlos Eduardo, filho da Marô, da loja de Icaraí. Eu queria...

– Ah! Sim – interrompeu a moça. – Sua mãe falou comigo. Confesso que fiquei bem curiosa para assistir ao seu filme.

– Posso ir amanhã, então?

– Hum... Amanhã não dá. Mas podemos marcar para depois de amanhã, às três da tarde. Pode ser?

– Claro, dona Fernanda – confirmou Cadu, desapontado. – Combinado.

Desligou o telefone recordando, mais uma vez, as palavras da mãe: "paciência é a alma do negócio".

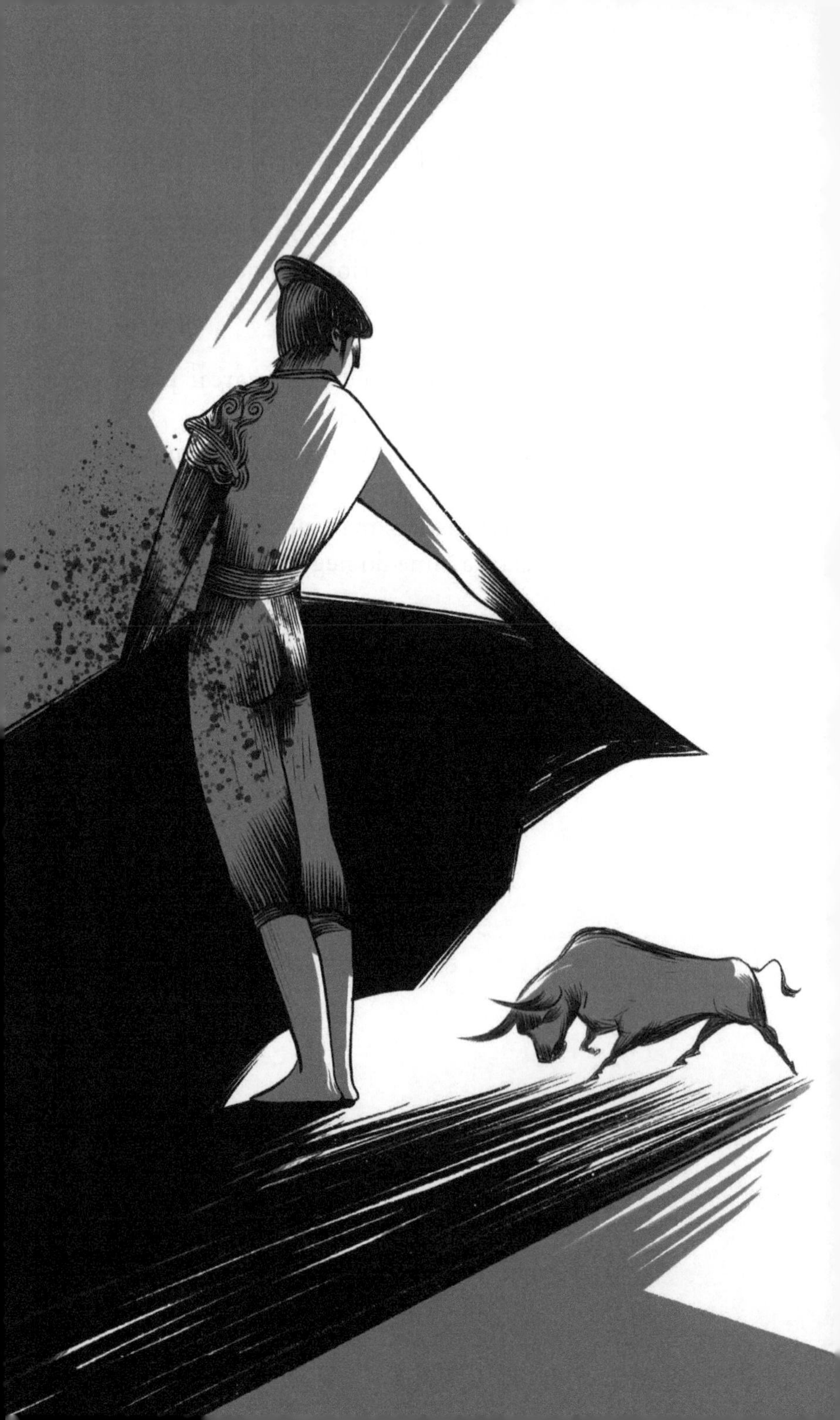

6. O e Capital

— Bom dia, querido! Dormiu bem? – perguntou dona Marô, quando Cadu entrou na cozinha, no dia seguinte. – A Fernanda me ligou. Contou que vão se encontrar amanhã.
— É – respondeu o filho, lacônico.
— Puxa! Estava tão animado pra isso. Desanimou?
— Não, mãe. É que eu queria ir na casa dela hoje.
— Ah, mas a Fernanda é assim mesmo; cheia de compromissos. A propósito, sobre o que é esse filme, Cadu?

O filho desconversou, preferindo não entrar em detalhes. Disse ser um filme clássico de ficção científica, e só. A mãe, que estava atenta ao relógio, deu-se por satisfeita.

— Pé na estrada, Cadu! – disse ela, sorridente, já indo para a sala e pegando a bolsa.

Eram sete e trinta em ponto quando deixou o filho no colégio, onde se percebia uma movimentação estranha já no portão.

— O que tá rolando por aqui? – Cadu perguntou a um colega.
— Babado forte. Parece que a dona Creuma sumiu.

— A bibliotecária?
— A própria.
— Mas como, sumiu? — insistiu Cadu.
— Sei lá! Parece que ela não foi para casa, ontem, depois que saiu daqui. Nem veio trabalhar hoje. A família ligou pra cá. Já foram na polícia, varreram hospitais. Até no Instituto Médico Legal procuraram a pobre.

Enquanto os dois conversavam sobre o sumiço de dona Creuma, a atenção dos professores e do diretor se voltava para dois homens, elegantemente trajados, que adentravam o portão do Colégio Casmurro.

Seu Robério, o diretor da filial de Niterói, esquecendo-se momentaneamente do caso da bibliotecária desaparecida, foi receber os recém-chegados.

— Mas que surpresa agradável, doutor Espério e professor Idião! — disse o diretor aos dois primos da diretora-geral dos Colégios Casmurro.

— O prazer é nosso, Robério — disse Espério.
— O prazer é nosso, Robério — repetiu Idião.
— Mas o que se passa aqui? Qual a razão desse tumulto todo? — quis saber Espério.
— Viemos justamente para ver se tudo corre bem aqui, na filial de Niterói — disse Idião. — Nossa prima está um tanto... idosa, e...
— Idião! — repreendeu-o Espério. — Assuntos de família não se expõem aos quatro ventos.

O tradicional Colégio Casmurro tinha quase duzentos anos, filiais em várias capitais do Brasil e pertencia à mesma família desde sempre.

Todos sabiam que, atualmente, a gestora e diretora era sua herdeira, dona Esperidiana Bulhões e Cascalho, que decidira restaurar a glória passada da instituição, mantendo as tradições antigas, como os elegantes bailes de formatura e as entregas de medalhas aos melhores alunos.

Mas nem todo mundo tinha conhecimento de que seus primos, Espério e Idião, eram os malévolos da família. Ansiavam por transformar todos os Colégios Casmurro em hotéis cinco-estrelas. Para isso, viviam buscando coisas erradas nas administrações Brasil afora, na intenção de provar que a prima era inapta, interditando-a e assumindo seu posto.

Receoso do que os dois primos vindos de São Paulo pudessem achar da confusão à porta do colégio, que aumentava a cada aluno que chegava, seu Robério convidou-os a subir para seu escritório, enquanto os serventes e vigilantes do colégio, delicadamente, dispersavam os alunos, pedindo que fossem direto para as salas de aula.

Enquanto Cadu se dirigia para a dele, recebeu uma mensagem no celular. Era dos Sinistros.

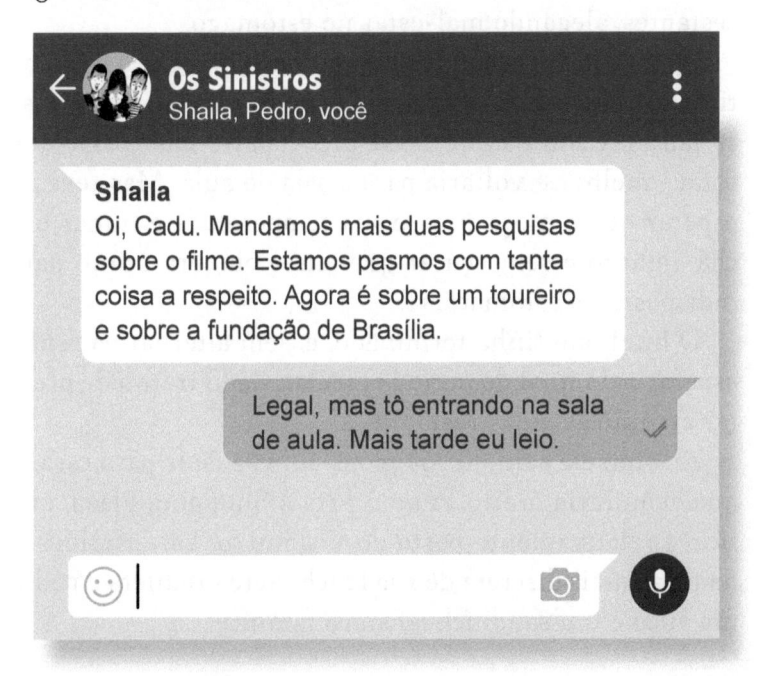

Os Sinistros
Shaila, Pedro, você

Shaila
Oi, Cadu. Mandamos mais duas pesquisas sobre o filme. Estamos pasmos com tanta coisa a respeito. Agora é sobre um toureiro e sobre a fundação de Brasília.

Legal, mas tô entrando na sala de aula. Mais tarde eu leio.

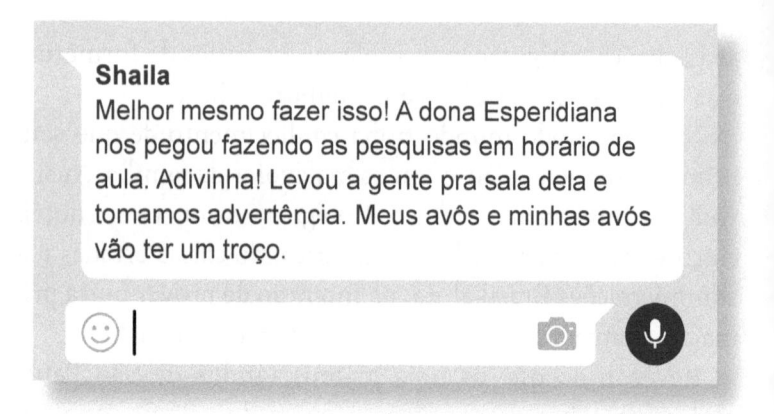

> **Shaila**
> Melhor mesmo fazer isso! A dona Esperidiana nos pegou fazendo as pesquisas em horário de aula. Adivinha! Levou a gente pra sala dela e tomamos advertência. Meus avôs e minhas avós vão ter um troço.

Cadu apagou o visor do celular com uma certeza: não aguentaria esperar pelo final das aulas para ler aquelas novas pesquisas.

Seguiu para a sala de aula, mas, pouco antes do intervalo, fingiu estar passando mal. Quando o sinal tocou, foi à enfermaria do colégio e pediu dispensa das aulas restantes, alegando mal-estar no estômago.

Só seria dispensado caso dona Marô desse seu consentimento, disse a enfermeira. E, como a indisposição fosse falsa e Cadu não quisesse preocupar a mãe, disse que estava melhor e voltaria para a sala de aula. Mas teve de esperar que a moça tirasse sua temperatura e tomar um chá amargo e sem açúcar que, disse ela, era ótimo para indisposições estomacais...

O intervalo tinha terminado, e, sem alternativa senão esperar pelo final do período escolar, Cadu tratou de prestar atenção às aulas restantes.

Aí, sim, ele saiu do colégio e, em vez de ir para casa, o que demoraria muito, rumou para o Shopping Plaza, que ficava relativamente perto do Casmurro. Lá, instalou-se na mesa mais discreta de sua lanchonete predileta e pediu um suco e um sanduíche. Estava faminto.

Sem perda de tempo, tirou da mochila o *tablet*, o melhor presente surpresa que dona Marô lhe dera, para conectar-se ao *wi-fi* do shopping. Baixou as pesquisas enviadas pelos amigos e leu:

O toureiro MANOLETE

Manuel Laureano Rodríguez Sánchez, mais conhecido como Manolete, nasceu em Córdoba, em 4 de julho de 1917, e faleceu em Linares, em 29 de agosto de 1947. Manolete ganhou destaque logo após a Guerra Civil Espanhola e é considerado por muitos como o maior toureiro de todos os tempos. Seu estilo era sóbrio e sério.

Manolete contribuiu para embelezar as touradas porque era capaz de ficar quase imóvel, quando o touro passava perto de seu corpo.

Na noite que antecedeu sua derradeira tourada, Manolete recolheu-se ao hotel em que estava hospedado, em Linares, Espanha, na intenção de repousar. Mas, por insistência dos amigos, juntou-se a eles, no salão do hotel, para assistir ao filme *Le Voyage dans la Lune*, primeiro filme de ficção científica produzido no mundo, tendo se divertido muito.

Na tarde seguinte, Manolete entrou na Plaza de Toros de Linares, toureando, ao seu estilo inigualável, quatro touros. Quando toureava o quinto e último touro da noite – um miúra chamado Islero – tomou uma chifrada na coxa direita. Levado às pressas para o hospital, Manolete, não resistindo ao ferimento, faleceu, deixando a Espanha em estado de choque.

Por algum tempo, estudiosos do assunto relacionaram a morte do toureiro ao fato de ele ter assistido ao filme *Viagem à Lua*. Havia relatos de outros casos de catástrofes, acontecidas após pessoas terem assistido à mesma película.

Tudo aquilo era incrível demais! Só nas pesquisas feitas por Pedro e Shaila, Cadu constatara que as tais catástrofes haviam acontecido em tempos e lugares diferentes. O que viria a seguir?

A Inauguração de Brasília
Às 9h30 do dia 21 de abril de 1960, no Salão de Despachos do Palácio do Planalto, cercado por seus ministros e embaixadores especiais, Juscelino Kubitschek de Oliveira, então presidente do Brasil, deu por inaugurada a cidade de Brasília, capital dos Estados Unidos do Brasil.

De acordo com Juscelino, a partir daquele momento, Brasília se tornava "a Capital Federal da pátria brasileira, centro das futuras decisões políticas, cidade da esperança, torre de comando da batalha pelo aproveitamento do deserto interior".

Festas com atividades para crianças e adultos, concerto de música, show pirotécnico, prova automobilística, regata, parada militar com desfiles de candangos e máquinas, entre outras comemorações, marcaram a inauguração da nova capital.

Dizem que os mais íntimos do presidente Juscelino, após o término das comemorações, foram convidados para um jantar, e depois para uma sessão de cinema. A película apresentada seria *Viagem à Lua*, o primeiro filme de ficção científica do mundo. Considerado por alguns uma comédia. No entanto, um fato curioso aconteceu, enquanto os convidados assistiam ao filme. Repentinamente, o projetor tombou sem ninguém ter tocado nele, interrompendo a exibição da película. Juscelino mandou que acendessem as luzes, e então viu um garoto totalmente estranho no recinto, fugindo por uma das janelas do salão. Junto à tela na qual se projetava o filme, foi encontrado um bilhete: *Destruam o filme ou se arrependerão!*

Sabe-se que Juscelino Kubitschek era descendente de ciganos, e que o povo cigano é supersticioso. Sendo assim, sem discutir a respeito do tal bilhete, o presidente mandou que o filme fosse destruído.

Cadu terminou a leitura e o lanche com duas dúvidas: seria o garoto que Juscelino tinha visto o mesmo que estava tirando o seu sossego? Fora isso, um dado novo aparecera na pesquisa sobre a fundação de Brasília: dizia-se que o filme *Viagem à Lua* também era considerado uma comédia sobre os lunáticos. Se o garoto misterioso tinha mesmo vindo da Lua, essa informação podia ser importante.

Não soube dizer por quê, mas uma vontade enorme de ver a mãe e contar sobre tudo o que estava acontecendo, desde que chegara a Niterói, se apossou dele. Pegou o celular e ligou para ela. Ao ouvir sua voz, porém, já estava arrependido. Deveria preocupá-la?

– Oi, mãe, liguei só pra te dar um beijo. Tô indo pra casa.

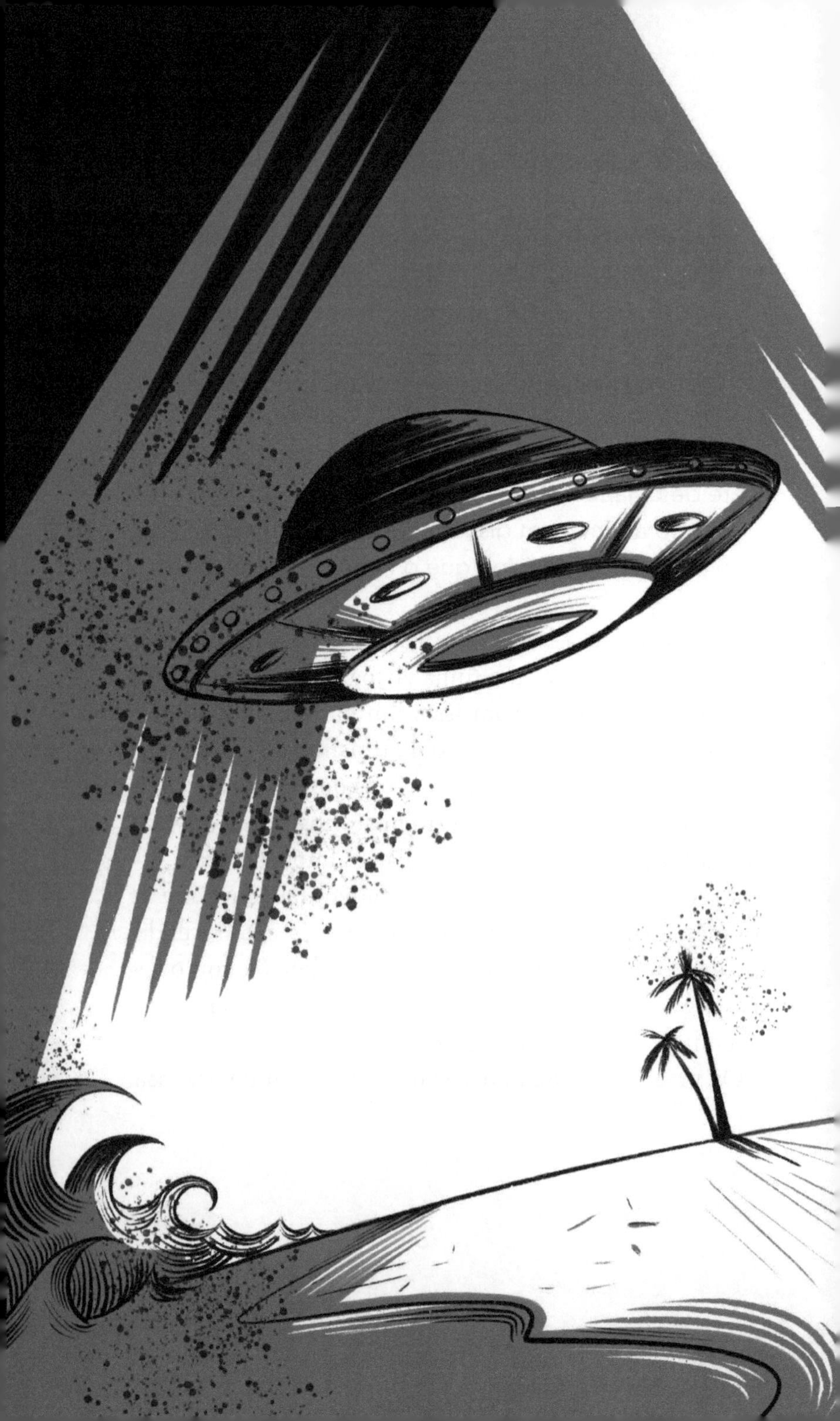

7.
Encontro com Inimigo

A tarde convidava para uma praia, um surfe, quem sabe um namorico. Porém, Cadu não estava com cabeça para isso. Além de tudo, precisava dar mais atenção aos estudos. Assim, preferiu repassar as matérias que havia estudado em São Paulo e verificar a sequência dada pelos professores em Niterói. O Casmurro de Niterói costumava acompanhar o ritmo paulista, mas era bom certificar-se disso.

As horas passaram, e o estudo não rendeu. O pensamento de Cadu transitava entre Selênio, as pesquisas e a ansiedade pela chegada do dia seguinte, quando, finalmente, assistiria ao filme. Tinha até cogitado em buscar na internet; sabia que acharia o vídeo, mas assistir no *tablet* ou no computador não seria tão bom quanto ver num projetor, em tela grande... E o dia seguinte logo chegaria.

À noite, caiu um temporal. Sono agitado, insônia. Tudo de ruim aconteceu nas horas que antecederam o dia tão esperado. Como não conseguia dormir, o garoto pegou o celular e ligou para o pai. Seu Alberto atendeu, esbaforido.

– Cadu! O que aconteceu, filho?
– Nada, pai. Só me deu vontade de falar com você. Quer se conectar pra gente se ver?
– Carlos Eduardo, sabe que horas são?
O rapaz olhou as horas no celular: duas e vinte da manhã.
– Foi mal, pai. É que tá caindo um temporal. Acordei, perdi o sono e nem vi as horas.

Seu Alberto se despediu do filho. Tinha uma audiência no primeiro horário do dia seguinte. Precisava descansar. Antes de desligar, pediu a ele que fizesse o mesmo.

Cadu nem sabia direito por que havia ligado para o pai. Quando estava em São Paulo, morria de saudades da mãe, quando em Niterói, era do pai que sentia falta. Fazer o quê?

Às seis horas da manhã, não aguentou mais e levantou-se. Foi para a cozinha, fez café e preparou a mesa. Afinal, dona Marô merecia, uma vez na vida, ser servida por ele. Passava tantos meses longe dela!

A mãe ficou feliz com a surpresa. Tentou arrancar do filho alguma informação. Percebeu que estava tenso.

– Não é nada, mãe – sossegou-a. – Não dormi direito, acordei com os trovões e não consegui mais pegar no sono.

Saíram mais cedo que de costume.

Chegando ao colégio, Cadu prometeu ligar para ela à tarde, assim que saísse da casa de Fernanda, após assistir ao filme.

Indo ao encontro de um grupo de colegas, no átrio da escola, percebeu que eles rodeavam alguém. Aproximou-se e ficou aliviado ao ver dona Creuma, em pessoa, no centro das atenções.

– Dona Creuma! O que houve com a senhora? Deixei o colégio todo preocupado – disse Cadu.

A bibliotecária respondeu, rispidamente, que já havia explicado várias vezes o ocorrido; tinha tido uma amnésia parcial e esquecido o endereço de casa. Mas já estava bem. Se Cadu quisesse saber mais, que pedisse a informação aos colegas. Dito isso, retirou-se para a biblioteca.

— Mas que mulher mais mal-humorada! — reclamou ele. — Precisava responder desse jeito?

— Deixa ela pra lá, Cadu! — disse uma colega de classe. — Não nos fez falta alguma.

Antes de subir para sua sala, no entanto, Cadu parou no bebedouro.

— Carlos Eduardo! — ouviu uma voz de mulher chamando-o.

Ao virar-se, deu de cara com dona Creuma.

— Oi — disse, com a mesma secura com que ela o tratara.

— Por favor, vá à biblioteca no intervalo das aulas. Preciso falar com você.

E sem mais explicações, retirou-se, deixando-o muito curioso.

* *

Enquanto isso, em São Paulo, Shaila confabulava com Pedro sobre a última pesquisa que havia feito. Estavam na salinha da redação do Sinistro, mas não haviam nem começado a mexer nas matérias da próxima edição.

— Pedro, você precisa ver que demais esta outra história que descobri sobre o filme!

— Mostra aí, guria!

Tinham algum tempo antes de as aulas começarem; então Shaila abriu o programa de busca no computador e mostrou o artigo para o amigo.

O cordelista Zé da Catinga, famoso na região de Quixadá, conta, de forma inigualável, em um pequeno cordel, o que, certa feita, aconteceu com ele.

**"A verdadeira história da Viagem à Lua,
Que me fez ir parar no meio da rua.**

Eu tava na lanchonete,
Quando o filme foi passado.
Era *Viagem à Lua*,
Filme muito atrapalhado.
Os que tavam assistindo,
Ficaram só indo e vindo,
Feito jegue desgarrado.

Um pavor de todo lado.
Uma confusão danada.
Os home gritando demais,
As mulé apavorada.
Depois de passado um tempo,
E voltando lá pra dentro...
Num tinha filme nem nada."

Ao ler o cordel, Pedro caiu na gargalhada.

– Bah! Mas esse cordel é demais, Shaila! O tal de Zé da Catinga é doido.

– A doideira dele é o que menos interessa, Pedro. O fato é que até na catinga deu confusão por causa do filme.

– Tô louco pra assistir também, guria! Será que não encontramos na internet?

Os dois se entreolharam. Por que não haviam pensado nisso antes?

Mas isso teria de ficar para depois. A primeira aula ia começar; era hora de ir para a sala.

**

Cadu seguiu direto para a biblioteca do Colégio Casmurro assim que o sinal para o intervalo das aulas tocou. O que será que dona Creuma queria com ele?

Desceu ao porão e encontrou a porta fechada; coisa que o espantou, visto que sempre se abria no início do período da manhã, só fechando para o almoço, e depois no final da tarde.

Cadu bateu na porta e a voz de dona Creuma pediu que ele entrasse.

Feche a porta, por favor, Carlos Eduardo.

Ele obedeceu, depois foi até ela. A bibliotecária pediu que a seguisse até a uma mesa, bem no fundo da sala. Sentados, lado a lado, ela começou seu relato:

– Eu não tive amnésia nenhuma, Carlos Eduardo. Inventei essa história para a minha família e o pessoal do colégio.

Espantado, Cadu ia perguntar o porquê daquilo. E, antes que o fizesse, ela explicou.

– Sabe aquele garoto que você disse que via, o tal Selênio?

– Sim.

– Eu também o vi. Ontem, quando eu estava fechando a biblioteca e me preparava para ir embora, ele entrou. Eu me assustei, claro. Nunca o tinha visto antes. Disse que a biblioteca já estava fechada. Mas ele pareceu não ouvir. Ficou me olhando fixamente e, de repente, comecei a ouvir o que ele dizia, mas sem mover sua boca. Telepaticamente.

– Pois é assim mesmo que ele faz comigo! – explodiu Cadu.

A bibliotecária pediu calma. Que ele a deixasse continuar.

– Ele me dizia para segui-lo. Uma força estranha me impeliu

a atendê-lo. Andamos por algum tempo, depois, não sei dizer como, chegamos a uma clareira, escondida entre árvores, lá para os lados da Praia do Sossego. Eu lutava para conseguir dizer algo, mas minha voz não saía.

E dona Creuma, para a surpresa total de Cadu, contou que na tal clareira, estava uma nave lunar.

— Mentira! Um disco voador?

— Nada do que contei e contarei é mentira, Carlos Eduardo. Nunca falei tão sério. A nave parecia flutuar, a uns sete ou oito metros do chão.

— Como a do filme do fazendeiro italiano! – lembrou Cadu.

— Era meio ovalada e com luzes ao redor. Ao nos aproximarmos, uma porta se abriu e uma escada desceu até o chão. Selênio me convidou a subir. Assim que entramos, a porta se fechou. Outros selenitas estavam ali.

— Selenitas? E eles eram iguais ao Selênio? – quis saber Cadu.

Dona Creuma explicou que nem o próprio Selênio era tal como se apresentava. Tinha adquirido uma forma humana para não assustar os terráqueos. Na verdade, os selenitas que vira na nave espacial momentaneamente lhe pareceram seres gelatinosos. Depois, foram tomando forma. Que tinham olhos grandes era sua única certeza. Pareciam flutuar.

Cadu ouvia tudo com a maior atenção, mas não tinha muita certeza de que a bibliotecária dizia a verdade.

— Mas, afinal, dona Creuma, o que o Selênio queria com a senhora? Por que a levou até a nave espacial?

— Ele e seus companheiros precisavam da minha ajuda.

— Ajuda pra quê?

— Para convencer você a destruir o filme. Aliás, eu nem sabia da existência do tal filme. Selênio me contou que alguém jogou a lata com o filme dentro de uma caçamba de entulho. Devia pertencer a algum colecionador antigo, que morreu ou se desfez de seu acervo... Quando foram recolhê-la, um dos lixeiros viu a lata e abriu, encontrando o rolo de celuloide. Como estava em frente à escola, achou que fosse coisa nossa e a entregou na biblioteca. Devo ter saído por uns instantes, e o homem, com pressa, simplesmente deixou a lata sobre uma mesa.

– Onde eu a encontrei – disse Cadu.

– Encontrou e roubou, rapazinho. Não foi honesto como o lixeiro.

Cadu não soube o que dizer. Desculpou-se, apenas.

– Bem, deixemos isso para lá. O fato é que os selenitas são pessoas do bem – continuou dona Creuma. – Não podem nem querem destruir nada na Terra.

– Pessoas do bem não raptam pessoas e só devolvem dois dias depois, como fizeram com a senhora – interrompeu Cadu.

– Eu não fiquei dois dias. O tempo dos selenitas é diferente do nosso.

– Tá bom. Vai nessa! – disse Cadu, incrédulo.

A bibliotecária voltou a falar.

– Como os selenitas não podem destruir nada aqui na Terra, Selênio precisa que você o faça; que destrua o filme. Assim tem sido, desde 1902, quando o filme foi feito. Mas Selênio só tem poder de convencimento sobre algumas pessoas mais suscetíveis. Outras, como você, Carlos Eduardo, que tem um pensamento mais forte, são muito difíceis de convencer. A Lua é o *habitat* deles, e tudo o que a magoa também fere a eles.

– Mas que raios tem esse filme pra magoar tanto os selenitas?

– Você deve saber. Não está de posse dele?

– Sim, mas ainda não assisti.

– Então assista e pense sobre o pedido do Selênio. Eu prometi ajudá-lo.

— Então por que a senhora mesmo não o destrói? Por que tem de ser eu? É simples: eu assisto, depois trago o filme aqui e a senhora o destrói.

— Isso não é possível, Carlos Eduardo. Quem está ligado à Lua e ao filme é você. As leis selenitas são rígidas.

— Mas eu não sou um selenita e quero que a Lua se dane, dona Creuma! Cansei dessa história! Menino que aparece e some, ordens que surgem na minha cabeça...

A bibliotecária estava mesmo afetada pelo encontro com o garoto invisível; suspirou e falou com muita paciência, esquecida do mau humor.

— Você não é um selenita, Carlos Eduardo, mas está, de alguma forma, ligado a eles. Há muitas coisas no Universo que não se explicam.

Aquilo tudo era muita loucura para a cabeça de Cadu. Teve vontade de sair da biblioteca e nunca mais pensar naquela história. Chegou a achar que a bibliotecária pudesse estar um tanto perturbada. Mas que Selênio existia, isso era certo.

— Tudo bem, dona Creuma, farei o que ele pede, mas só se ele mesmo vier me pedir, mais uma vez.

Foi só mencionar o nome dele, que o selenita surgiu na biblioteca.

"Estou aqui" – disse, telepaticamente.

Dona Creuma saiu da sala, deixando os dois sozinhos.

Cadu, de pé atrás com o suposto inimigo, começou a falar com agressividade, exaltado.

— Você não tem o direito de me assustar, como vem fazendo, e muito menos de raptar dona Creuma! E tem mais: não acredito em nada do que contou pra ela. Eu não vou destruir filme nenhum. Isso que você faz, aparecendo e desaparecendo, é um supertruque de ilusionismo, bem como a sua nave. Você é um vigarista!

E para seu espanto, Selênio não revidou. Apenas olhou desanimado para Cadu.

"A Lua é o meu mundo. Não podem rir dela" – transmitiu para Cadu.

Então desapareceu.

Há muito que o sinal para o reinício das aulas havia tocado. Já que perdera a aula de inglês, Cadu decidiu esperar no pátio pela aula de matemática. Uma onda repentina de tristeza o invadiu. Sentiu-se só. Sentando-se em um banco, acionou o celular e fez um relatório de tudo o que acontecera para Shaila e Pedro.

Eles deviam estar em aula, pois só uns vinte minutos depois Pedro respondeu:

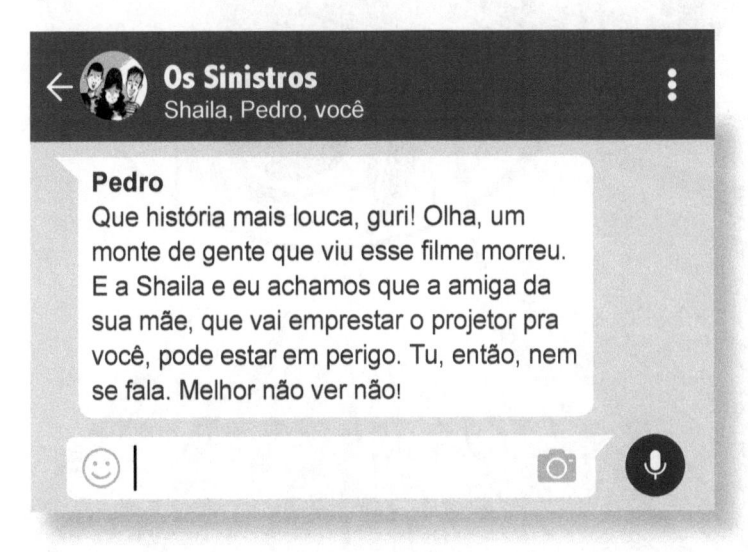

Os Sinistros
Shaila, Pedro, você

Pedro
Que história mais louca, guri! Olha, um monte de gente que viu esse filme morreu. E a Shaila e eu achamos que a amiga da sua mãe, que vai emprestar o projetor pra você, pode estar em perigo. Tu, então, nem se fala. Melhor não ver não!

A lembrança de todas as desgraças associadas ao filme *Viagem à Lua* passaram pela mente de Carlos Eduardo. No entanto, ele sabia que não voltaria atrás: com perigo ou sem perigo, com maldição ou não, precisava assistir àquele filme.

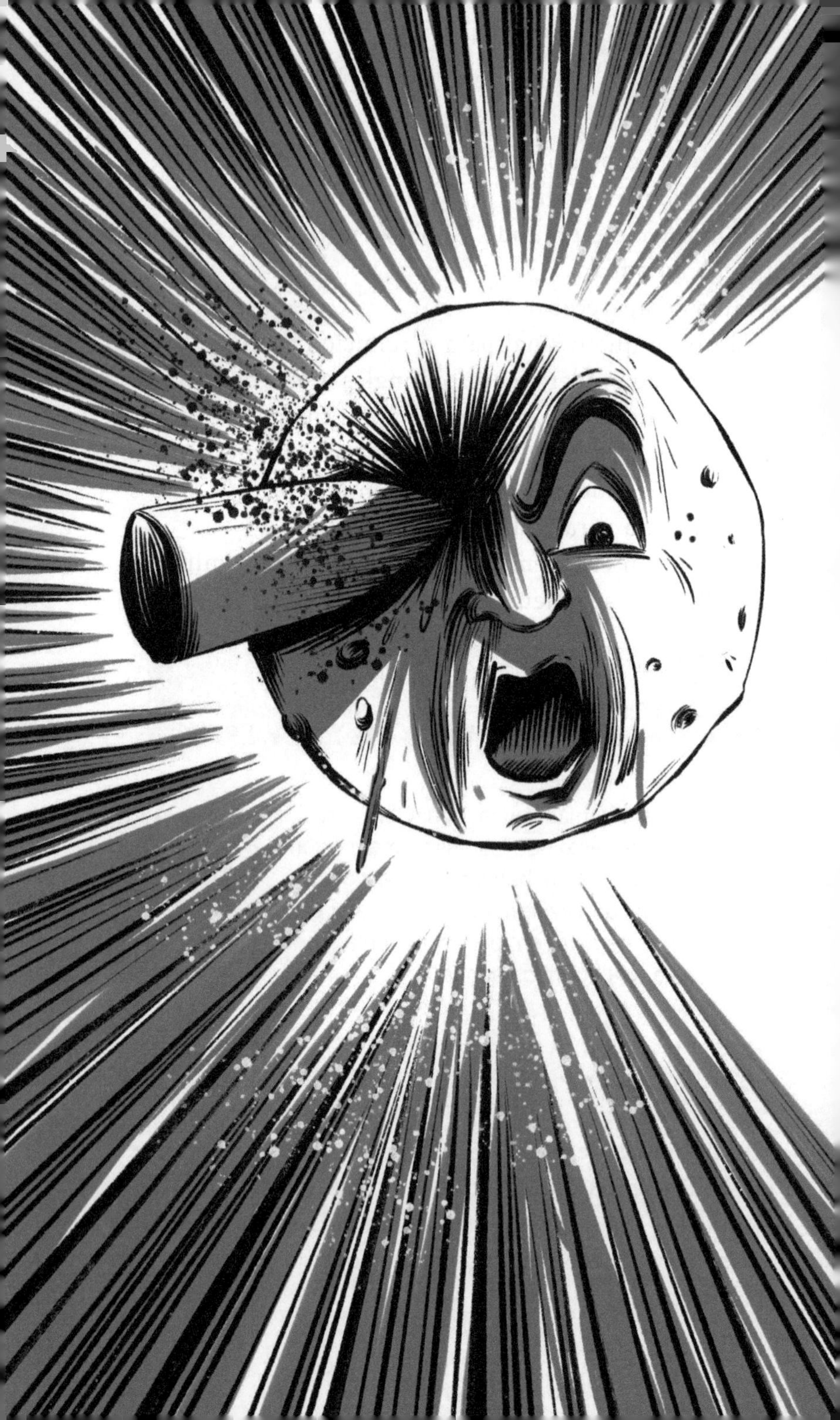

8. O e Descoberta

A manhã se arrastou.

Ao término das aulas, Cadu perambulou pelos calçadões do centro de Niterói. Seria delicado levar uma lembrança para Fernanda. Afinal, ela estava sendo gentil em recebê-lo. Parou em uma barraca e comprou um abajurzinho de leitura, que se prendia ao próprio livro. A mãe havia dito que além de filmes, a amiga também adorava livros.

Depois foi almoçar.

Quando ia entrar em um restaurante *self-service*, o celular tocou. Era seu Alberto.

– Carlos Eduardo, pelo amor de Deus, é verdade o que a Shaila e o Pedro me contaram? – foi logo perguntando o pai.

Cadu se irritou. Desde quando seus amigos confidenciavam as pesquisas dos Sinistros para os pais? Das outras vezes, tudo tinha ficado entre eles, sem interferência adulta...

– Depende, né, paizão – tentou desconversar Cadu. – O que foi que aqueles fofoqueiros te contaram?

– Não diga isso deles, filho. Eu é que fui ao Casmurro há pouco e pressionei os dois. Eles acabaram me contando que você está envolvido com um sujeito estranho, que aparece e desaparece. E com um filme que carrega uma maldição...
– Eles não deviam ter te contado, pai.
– Ah! Então é verdade?! Filho, não percebe que está correndo perigo? E que filme é esse?
– Olha, pai, a história é longa e não posso falar agora. Tô no centro da cidade e o sinal de celular é horrível. Me liga mais tarde, que te explico tudo, tá? Tchau.

Mas, antes que Cadu desligasse, ouviu a voz do pai, aos berros, chamando-o.

– Fala, pai!
– Por mim e por sua mãe, filho, devolva esse filme para a dona Creusa e saia dessa história. Cadu, pelo amor de Deus! Esse garoto misterioso pode até estar envolvido com drogas.
– O nome dela é Creuma. É a bibliotecária do colégio. E não estou correndo perigo algum. Fica frio, pai! Confia em mim só um pouquinho. Sei o que estou fazendo e onde estou pisando. Mas, se vai ficar feliz, volto pro colégio e devolvo o filme para a dona Creuma – mentiu. E, em seguida, pediu: Só prometa que não vai preocupar a mãe com isso.

Seu Alberto desligou o telefone mais tranquilo, prometendo que nada diria a dona Marô.

Todo o estresse telefônico fez o estômago de Cadu travar. Perdera a fome. Desistiu do restaurante, entrou numa sorveteria e pediu uma banana split.

*

O edifício onde Fernanda morava era perto do centro. Aproveitando o frescor da tarde, Cadu foi caminhando. Passou pelo campus da UFF – Universidade Federal Fluminense –, pelo MAC – Museu de Arte Contemporânea, obra que também fazia parte do Caminho Niemeyer e que tinha, por incrível que parecesse, o formato de um disco voador.

Descendo uma pequena ladeira, a Praia das Flechas, de onde já se podia ver o edifício de Fernanda, no bucólico e agradável bairro do Ingá.

Ao identificar-se na portaria, Cadu lembrou-se da preocupação de Shaila e Pedro, quanto à segurança de Fernanda. Seria verdade que ela e ele corriam perigo? Mas, assim que o porteiro autorizou que ele subisse, sentiu que estava tudo bem.

A amiga da mãe já o esperava, na porta do apartamento.

– Até que enfim conheço o "gato" da Marô – disse ela, imitando a amiga. – Vamos entrando, Carlos Eduardo.

O apartamento era mesmo muito bonito, como havia dito a mãe. Da enorme varanda via-se o mar.

– Show de bola o seu apê, dona Fernanda!

– Xiiiii! Vamos acabar com esse "dona", hein?! Me chama de Fernanda e pronto.

A dona da casa levou Cadu para um canto da espaçosa sala, onde já havia baixado o telão. Ela possuía três projetores antigos, que pareciam peças de museu; explicou que eles tinham *bitolas* diferentes, e que ainda não sabia em qual deles o filme serviria. Vendo a cara de "dã" do garoto, riu e explicou:

– Bitola, em cinema, é a definição da largura do filme. Os celuloides usados em filmes antigos, do tempo do cinema mudo, tinham tamanhos diferentes dos mais modernos. Hoje, claro que a maior parte das filmagens é feita com câmeras digitais, mas antigamente os filmes eram rodados em rolos de celuloide, que tinha de ser revelado depois, como fotografia.

— Que complicado — disse o garoto, que nunca teria nem imaginado nada daquilo sozinho.

— Nem tanto. Vamos descobrir qual a bitola do seu filme, quero dizer, qual a largura do celuloide, e escolher o projetor de acordo com ela. Pode ser oito milímetros, dezesseis milímetros...

— Entendi! — ele exclamou, feliz por ter caído no lugar certo. Aquela mulher era uma enciclopédia cinematográfica.

— Muito bem. Você aceita um bolo de nozes com suco de laranja geladinho?

— Sim. Obrigado.

— Enquanto vou buscar, pode ir pegando o filme — sugeriu Fernanda.

Cadu tirou a lata com o filme da mochila, colocando perto dos projetores.

A dona da casa chegou com o lanche.

— Não sei mexer com essas máquinas esquisitas, Fernanda, mas o filme está aqui.

— Tudo bem. Deixe isso comigo. Sirva-se! — disse ela, depositando a bandeja sobre uma mesa lateral. Pegando a lata, sorriu. — Ah! Bitola nove e meio com perfuração central. O projetor *Pathé-baby* vai servir.

Com traquejo de cinéfilo assíduo, Fernanda abriu a lata, tirou o rolo e encaixou o filme em um dos projetores. Ligou-o, direcionando para a tela, e foi fechar as cortinas.

— Puxa, desculpe! Esqueci que estava comendo.

— Não importa. Estou superansioso para assistir.

Fernanda, então, deixou a sala às escuras e acionou a iluminação do projetor. O filme era mudo, e começou a ser projetado no telão.

Contava com uma explicação inicial:

> **Star Film Presents**
>
> # A TRIP TO THE MOON
>
> Georges Méliès, cineasta francês com quinhentos filmes no currículo, dirigiu, em 1902, o filme que você vai assistir. Ele relata a maior ambição humana da época: aterrissar na Lua. Baseado na obra de Jules Verne (*Da Terra à Lua*) e na de H.G. Wells (*O Primeiro Homem na Lua*), com *Viagem à Lua* Méliès criou um novo gênero de filme: o de ficção científica. Divirta-se, então!

– Parece bom, hein?! – disse Fernanda, servindo-se também de bolo e suco.

O filme começava com uma reunião de cientistas, vestidos com roupas e chapéus esquisitos, parecendo magos ou palhaços. Mais discutiam do que conversavam. Empurravam-se, caíam ao chão, até que, aparentemente, decidiram construir um foguete para levar seis deles à Lua.

O foguete era o mais tosco possível. Feito de lata.

No dia do lançamento, houve um show de mulheres, com saias curtinhas, dançando.

O foguete foi lançado e já se podia ver a Lua, que parecia o rosto de uma pessoa, com nariz, boca e dois grandes olhos. E foi justamente em um dos olhos que o foguete entrou.

– Minha nossa! – exclamou Cadu, ao ver essa cena.

– O que foi? – espantou-se Fernanda.

– Que dor sentiu a Lua!

A dona da casa não conteve o riso.

— Está brincando, né, Carlos Eduardo? Isso é só um filme. E desde quando a Lua tem olhos?

O filho de dona Marô ignorou o comentário. Estava atento à próxima cena, que mostrava os cientistas saindo do foguete.

A superfície da Lua era cheia de cogumelos gigantes. Como fazia frio e estavam cansados, os viajantes, cobrindo-se com seus casacos, deitaram-se no chão e adormeceram.

Foram acordados por um bando de seres estranhos, que usavam lanças pontudas e pulavam feito macacos: os habitantes da Lua. Uma enorme luta começou. Os cientistas davam rasteiras e guarda-chuvadas nos selenitas, que viravam cambalhotas e faziam pantomimas.

— Que filme hilário! — interrompeu, de novo, Fernanda, dando risada. — Quanta momice!

O semblante de Cadu, ao contrário, cada vez mais se anuviava.

A cena seguinte mostrava os cientistas fugindo e entrando no foguete, com destino à Terra.

Os seres da Lua, vendo o foguete partir, ficaram gesticulando com suas lanças, pois um deles havia partido junto, agarrado à cauda da máquina voadora.

Na Terra, os cientistas foram recebidos com uma grande festa, parabenizados por sua coragem, enquanto o habitante da Lua, sem entender nada, virou o bobo da corte, divertindo a todos. Assim terminou o filme.

Fernanda desligou o projetor e abriu as cortinas da sala.

— Olha, por ser comédia muda e tão antiga, achei muito engraçada. Me lembrou os filmes da dupla O Gordo e o Magro.

Tão mudo quanto o filme, Cadu levantou-se e se aproximou do projetor.

– Quer mais um suquinho? – ofereceu a dona da casa, percebendo o mal estar do garoto.

Mas ele apenas balançou a cabeça em negativa.

Ela se aproximou e viu que o filho da amiga tinha lágrimas nos olhos.

– Cadu do céu! O que houve? Acabamos de assistir a uma comédia e você chora? Está se sentindo mal?

Então ele desabafou:

– A Lua não é uma comédia, Fernanda! – exclamou, nervoso. – Ela é o satélite da Terra. Ilumina o nosso planeta, nas noites de lua cheia. Esse filme é um absurdo!

Sem saber mais o que dizer, foi até a varanda do apartamento e olhou o céu onde, apesar de estar claro ainda, a Lua já se mostrava.

– Agora entendi a sua dor, Selênio! – Disse, sem pensar. – Conte comigo!

– Quem é Selênio? – perguntou Fernanda, aproximando-se; mas sem obter resposta. E acrescentou: – Vou ligar para a sua mãe vir buscar você.

– Não, Fernanda. Eu estou bem. Tire o meu filme do projetor, por favor, que preciso ir embora.

– Não vai sozinho pra casa, de jeito nenhum! Se não quer preocupar a Marô, eu te dou uma carona.

Mais sereno, ele pegou a mão de Fernanda.

– Muito obrigado, de todo coração, por ter me feito companhia, emprestado seu projetor e sua casa. Nunca vou me esquecer. Mas quero ir embora sozinho. Por favor.

A dona da casa sentiu ternura por aquele garoto. Percebeu que ele precisava mesmo ficar só. Apesar de preocupar-se, não tinha o direito de impor sua presença.

– Tudo bem, Carlos Eduardo, eu entendo. Confio em você. Mas cuide-se, viu? Você parece bem perturbado.

Despedindo-se de Fernanda, Cadu saiu do apartamento, levando consigo uma certeza: tinha mesmo alguma ligação com a Lua. Dona Creuma estava certa.

E outra certeza pairava no coração de Fernanda: o filho da amiga não estava nada bem. Precisava avisá-la.

**

Já acomodado no ônibus, Cadu ainda sentia um nó na garganta. Quanto sofrimento Selênio e seus irmãos, há séculos, vinham tendo. Quantas risadas os habitantes da Terra vinham dando, quantas zombarias sobre seu mundo vinham fazendo. E os selenitas eram bons, se não tinham permissão para estragar nada ou ferir ninguém da Terra.

Perturbava-o lembrar a tal maldição. Todas aquelas pesquisas feitas por ele, Shaila e Pedro, certamente tinham um fundo de verdade, outro de invenção. Por que as pessoas levavam adiante coisas de que não tinham certeza de serem verdadeiras? Por que tanta maledicência?

Para espantar a tristeza, pegou o celular, entrou num site de busca e digitou "Lua".

> A Lua, satélite do planeta Terra, tem um diâmetro de aproximadamente 3.476 quilômetros, sendo oitenta vezes menor que o nosso planeta. Sua distância da Terra pode variar de 356.800 a 406.400 quilômetros.
>
> Assim como a Terra, a Lua também não permanece estática, realizando alguns movimentos. Os três principais são: rotação (deslocamento em torno do seu próprio eixo), translação (deslocamento em torno do Sol) e revolução (em torno da Terra).

A Lua sempre foi objeto de muita curiosidade entre os seres humanos, tanto que em 20 de julho de 1969, três astronautas americanos – Edwin Aldrin Jr., Neil Armstrong e Michael Collins, tripulantes da nave espacial Apolo XI – atingiram o solo lunar. Essa missão ficou marcada pela seguinte frase de Neil Armstrong: "Este é um pequeno passo para o homem, mas um grande salto para a humanidade".

A maioria das pessoas já tinha ouvido falar de tudo aquilo, já estudara. O mundo se preocupava mais com as estatísticas, as coisas visíveis e palpáveis. Ele mesmo tinha agido assim. Duvidara de dona Creuma, achara que Selênio fosse um ilusionista. Mas não agora.

Desligou o celular e olhou pela janela do ônibus. O Sol se fora completamente e a Lua brilhava, serena e linda, sobre o mar de Niterói.

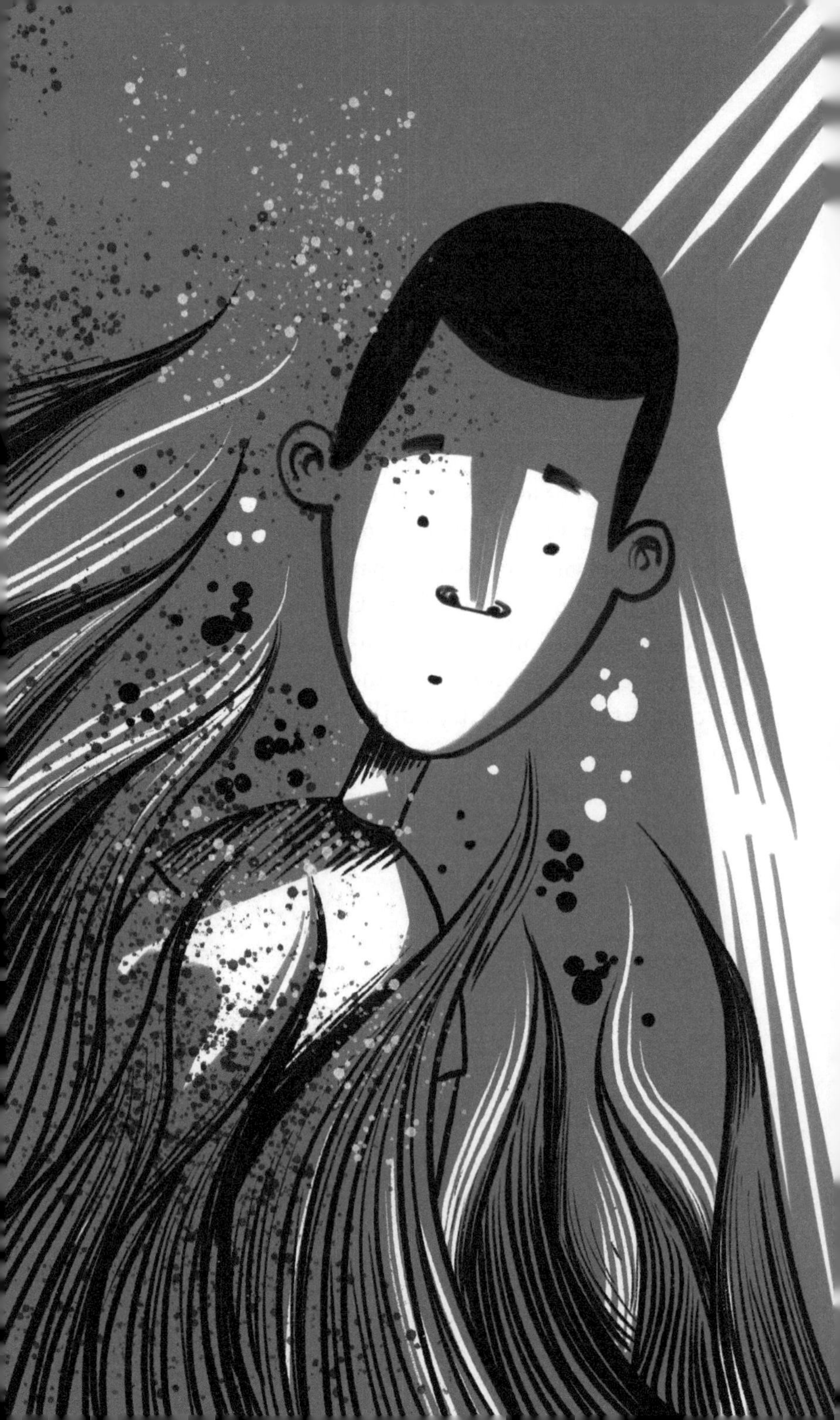

9.
Amigo

Tão elegantes como haviam chegado, doutor Espério e professor Idião, naquela manhã, exigiram que as turmas de alunos se perfilassem na quadra poliesportiva do colégio para sua despedida.

– É mister que se diga que esta filial do Colégio Casmurro vem sendo brilhantemente administrada pelo nosso apoteótico diretor Robério de Borborema e Silva – disse, com toda impostação, Espério. – Nas lides acadêmicas, pessoas como ele são raríssimas!

O diretor pediu a palavra.

– Agradeço imensamente suas palavras lisonjeiras e convido aos dois para visitarem a nossa sede quantas vezes lhes aprouver.

Idião também quis falar.

– Completando o pensamento de meu dileto primo Espério, em dado momento, ficamos preocupadíssimos com a notícia do desaparecimento da bibliotecária, senhora Creusa...

– Creuma! – gritaram, em uníssono, vários alunos.

– Sim, Creuma, escusas eu peço – disse Idião. – Mas, continuando minha retórica, após a celeuma ter terminado e ficarmos sabendo que o problema envolveu apenas um apagão de memória, decidimos nos retirar, na certeza de que o Colégio Casmurro da cidade de Niterói é um exemplo de altivez e pertinácia, para não dizer...

– Idião, peço a palavra – interrompeu Espério. – Proponho um viva ao diretor Robério, responsável por esta entidade estudantil, que tão bem vem lutando contra a disseminação dos bucéfalos e das idiossincrasias hodiernas!

E todos os alunos, sem terem entendido metade do que os dois primos haviam dito, romperam em uma salva de palmas.

Cadu, ainda com aquela sensação de tristeza, nem aplaudiu. Só quando as turmas se retiraram da quadra rumo às salas de aula, ele pôde ver que Shaila havia mandado uma mensagem.

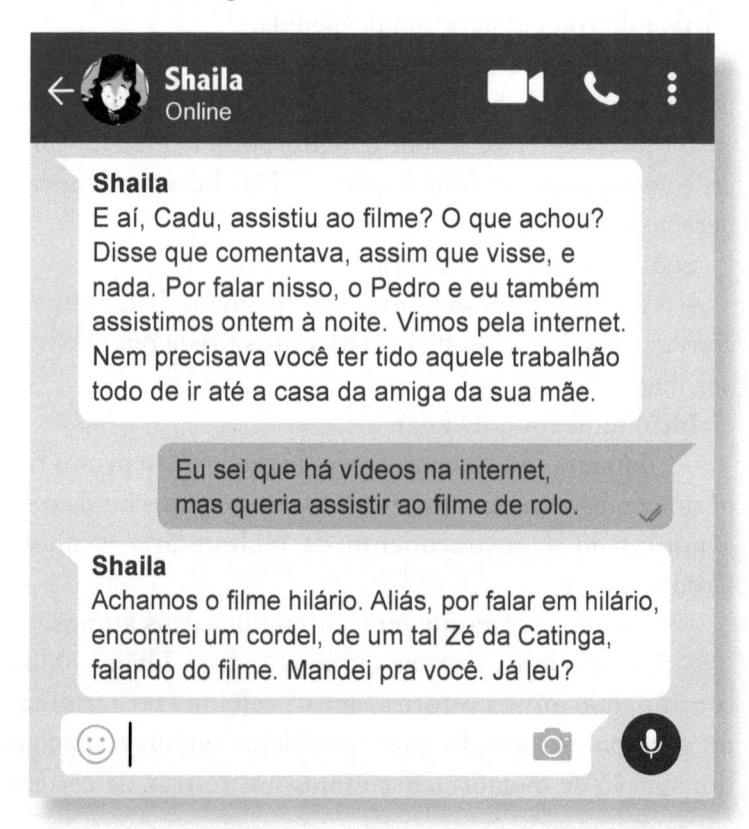

Shaila
Online

Shaila
E aí, Cadu, assistiu ao filme? O que achou? Disse que comentava, assim que visse, e nada. Por falar nisso, o Pedro e eu também assistimos ontem à noite. Vimos pela internet. Nem precisava você ter tido aquele trabalhão todo de ir até a casa da amiga da sua mãe.

Eu sei que há vídeos na internet, mas queria assistir ao filme de rolo.

Shaila
Achamos o filme hilário. Aliás, por falar em hilário, encontrei um cordel, de um tal Zé da Catinga, falando do filme. Mandei pra você. Já leu?

Zangado, Cadu respondeu:

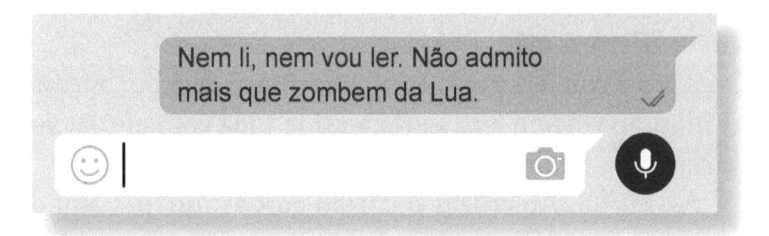

> **Nem li, nem vou ler. Não admito mais que zombem da Lua.**

Imediatamente, Shaila escreveu:

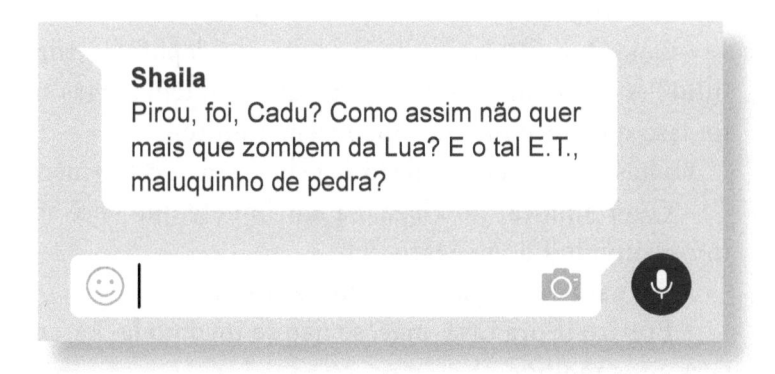

> **Shaila**
> Pirou, foi, Cadu? Como assim não quer mais que zombem da Lua? E o tal E.T., maluquinho de pedra?

Mas Cadu, já entrando na sala de aula, digitou "Depois a gente se fala" e desligou o celular. Não era ainda hora de contar mais detalhes. Até porque, quem acreditaria naquela fantástica história? Nem para a mãe tinha contado, na noite anterior, ao chegar da casa de Fernanda. Apenas comentara de leve sobre o filme.

Dona Marô, porém, vira tristeza no semblante do filho. Coração de mãe nunca se engana, pensou ela.

Dito e feito. Naquela manhã, enquanto Cadu estava no colégio, Fernanda ligou. Comentou como era mesmo "gato" o filho da amiga, sobre a tarde agradável que passara com ele, mas que ficara preocupada: o filme era uma comédia, e Cadu parecia comovido, triste, quase chorara.

Também tinha olhado o céu de um jeito estranho e citado o nome "Selênio". Pedira, encarecidamente, que ela não preocupasse a mãe.

Após a conversa com Fernanda, Marô decidiu: buscaria o filho no colégio e passaria a tarde toda com ele; só voltaria à loja no dia seguinte.

Assim foi. Ao cruzar o portão do Casmurro, Cadu divisou o carro da mãe.

– Vim porque fiquei preocupada – foi logo dizendo.

– A Fernanda te ligou – ele adivinhou.

– Foi. Que história é essa de chorar depois do filme, filho? A Fernanda disse que era uma comédia. Mas não foi isso que você me contou, ontem à noite.

Cadu sentiu-se encurralado. Não havia mais como mentir.

– Quer almoçar no Plaza, na lanchonete que você adora? – convidou dona Marô.

Mas, para seu espanto, Cadu declinou.

– Prefiro ir pra casa, mãe, se não se incomoda. Lá, conversamos melhor.

**

Ao chegarem, ela descongelou uma refeição para os dois.

Mãe e filho sentaram-se à mesa, só se levantando mais de duas horas depois.

Cadu abriu o coração para ela. Contou tudo, desde o primeiro dia em que vira Selênio, até aquele momento. Dona Marô ficou muda. Deixou que apenas ele falasse. Mas, conforme a história se desenrolava, ela se perguntava até que ponto tudo aquilo podia ser verdade. Carlos Eduardo tinha sido sempre um garoto sadio – física e mentalmente. O conselheiro de seus amigos.

Mesmo com sua separação de Alberto, o filho sofrera, é claro, mas aceitara, da melhor maneira possível, as decisões tomadas. Tivera um acompanhamento psicológico e se adaptara à vida em São Paulo. Quando voltava a Niterói, curtia de novo os velhos amigos e o colégio. Não havia, pois, motivo para ela achar que ele estivesse perturbado.

Olhando para a mãe, ele esperava um comentário sobre tudo aquilo.

– Como já disse Shakespeare, *Há mais mistérios entre o Céu e a Terra do que sonha a nossa vã filosofia* – comentou Marô, apenas olhando nos olhos do filho.

Lendo nas palavras da mãe uma confirmação de crédito, Cadu sentiu seu coração ficar tão leve e agradecido que ele só soube abraçá-la e chorar.

Dona Marô também chorou. Em toda história havia verdades e invenções, como dizia uma cliente da loja, escritora de livros infantis. São as famosas realidade e ficção. Mas Cadu era a sua realidade, não havia nada de ficção. Tinha que acreditar nele.

Cadu não se comunicou mais com os amigos de São Paulo. Desligou o celular e o computador. Esperou, ansiosamente, o anoitecer. Torcia para que ele trouxesse a Lua, e ela o ajudasse, de alguma forma, a fechar aquela história inacabada.

Dona Marô preparou um lanche para ela e o filho. Reforçou que havia acreditado em tudo o que ele contara, e esperava que, no dia seguinte, ele entregasse o filme para a bibliotecária, dando aquele assunto por encerrado.

Cadu beijou a mãe. Percebeu que ela acreditara na história dele com algumas reservas. Mas, para que se tranquilizasse, disse que faria isso.

Só bem mais tarde, quando a mãe se recolheu, ele pôde colocar seu plano em prática. Abriu a janela do quarto e observou a Lua; naquela noite, mais brilhante do que nunca. Com o olhar fixo nela, imaginou a figura de Selênio. No mesmo instante, ouviu:

"Estou aqui".

Virando-se, deparou com o selenita. Tinha ensaiado tanto o que dizer, mas as palavras lhe faltaram.

"Ouvi o que me disse, do terraço da casa da Fernanda. Falou que me compreendia e que eu podia contar com você. Imagino que seja isso o que deseja me dizer agora" – adiantou-se Selênio. "Eu não podia aparecer para você, naquele momento. Sua amiga não ia me ver e pensaria que você estava falando sozinho. Mas sabia que estava sendo sincero e me chamaria de novo."

Cadu teve vontade de abraçar Selênio. Porém, não o fez. Talvez por recordar sua pele gélida, ou por não saber que atitude teria o outro. Limitou-se a sentar-se na cama, convidando Selênio a fazer o mesmo.

– Quero te pedir desculpas, Selênio, por não ter acreditado na sua história – explicou, tomando coragem. – Assistindo ao filme e lembrando do seu rosto desanimado, quando o ofendi, na biblioteca, pude compreender tudo.

"Nós, habitantes da Lua, estamos acostumados a ver os humanos, mas vocês não. Natural que duvidasse de mim. Vi que pediu ajuda a seus amigos e, juntos, descobriram muitas histórias que, ao longo dos anos, envolveram o filme."

– Sim, a gente pesquisou isso. Muitas desgraças e muitas mortes se ligaram ao filme *Viagem à Lua*. Pensamos que fosse algum tipo de maldição...

Nesse ponto da conversa, o habitante da Lua baixou a cabeça, pensativo.

"Como acreditou finalmente em mim, quero que acredite também que nós, selenitas, não fomos responsáveis por aquelas tragédias e mortes. Algumas vezes, aproveitamos as tragédias naturais para assustar as pessoas que riam da Lua. Por inúmeras vezes, tentamos convencer outras a destruírem o filme, como fizemos com você, mas sem sucesso."

– Eu sei, Selênio. Tenho certeza disso, agora.

"Na Lua, não entendemos por que os terráqueos inventam tantas mentiras. Coisas absurdas foram relacionadas ao filme. Pessoas que jamais o assistiram tiveram seus nomes ligados a ele. Os selenitas nunca tiveram intenção de matar alguém. Somos do bem."

– Nós, os da Terra, também somos do bem, Selênio – quis explicar Cadu. – Mas há pessoas que se aproveitam de alguns fatos para ganhar dinheiro; como vender mais jornais e revistas, ter mais audiência em programas de televisão e rádio. Certamente por isso a lenda de que o filme era amaldiçoado se propagou.

Um sentimento de paz e amizade pareceu envolver aqueles dois seres tão distintos e distantes.

"Você vai destruir o filme, Carlos Eduardo?", quis saber Selênio, deixando Cadu feliz. Era a primeira vez que o chamava pelo nome.

– Vou, sim. Mas você sabe que existem vídeos do *Viagem à Lua* circulando pela internet, né? O que pretende fazer sobre isso?

Selênio disse que sabia disso, mas que nem ele ou seus irmãos iam fazer nada a respeito. Com aquela cópia de Cadu destruída, pouquíssimas restariam no mundo. Quando mais nenhuma existisse, poucos se lembrariam do filme ou procurariam vê-lo na internet. *Viagem à Lua* acabaria por ser esquecido, mesmo não sendo retirado totalmente de circulação.

"Quando isso acontecer, meus irmãos e eu poderemos voltar definitivamente para a Lua. Temos saudades das crateras do nosso mundo, das montanhas rochosas, das nossas famílias."

– E os homens que pisaram na Lua, Selênio? Os astronautas. Eles não viram vocês?

Um sorriso maroto se abriu no rosto do selenita.

"Não. Ficamos escondidos... Mas, no fundo, no fundo, eles sentiram a nossa paz. Nunca leu o que se fala sobre os astronautas, que todos voltaram do espaço bem diferentes, mais serenos? Foi por nossa causa."

Um breve silêncio e, finalmente, Selênio perguntou:

"Onde e como você pode destruir o filme, Cadu?"

– Você quer agora?!

"Sim. Quanto antes, melhor. Preciso encerrar esse caso."

Era incrível aquela conversa a dois, sendo que só um falava. Assim como aquele habitante da Lua, capaz de entender e se comunicar em português; Selênio contou que podia comunicar-se com terráqueos em qualquer língua, pois o que ele captava eram os sentimentos das pessoas.

"Antes de vocês emitirem um som, inconscientemente o sentem", explicou a Cadu. "E sentimento não tem diferença de idioma."

Era bem tarde quando a conversa entre ambos acabou. Cadu pegou a mochila, na qual estava a lata com o filme, e uma caixa de fósforos, que pôs no bolso da bermuda.

– Vamos, Selênio!

Os dois saíram pela porta dos fundos, sem que dona Marô percebesse. Rumaram para um terreno baldio, poucos metros à frente da casa.

Lá chegando, Cadu fez um buraco na terra. Tirou o rolo do filme de dentro da lata e colocou dentro da cavidade. Então acendeu um fósforo. Em segundos, aquela cópia do *Viagem à Lua*, que tanto transtorno havia provocado, se transformou em cinzas.

Selênio limitou-se a balançar a cabeça de um lado e de outro, olhando para aqueles resíduos. Talvez fosse aquele seu jeito de comemorar. De repente, sem que Cadu esperasse, ele esticou a mão direita.

"É hora de ir. Adeus amigo. Obrigado."

Mas, dessa vez, Cadu não aguentou e abraçou o corpo gelado do outro que, surpreso, não retribuiu. E ouviu o terráqueo, cheio de coragem, pedir:

– Será que eu poderia conhecer sua nave, Selênio, já que não posso conhecer a Lua?

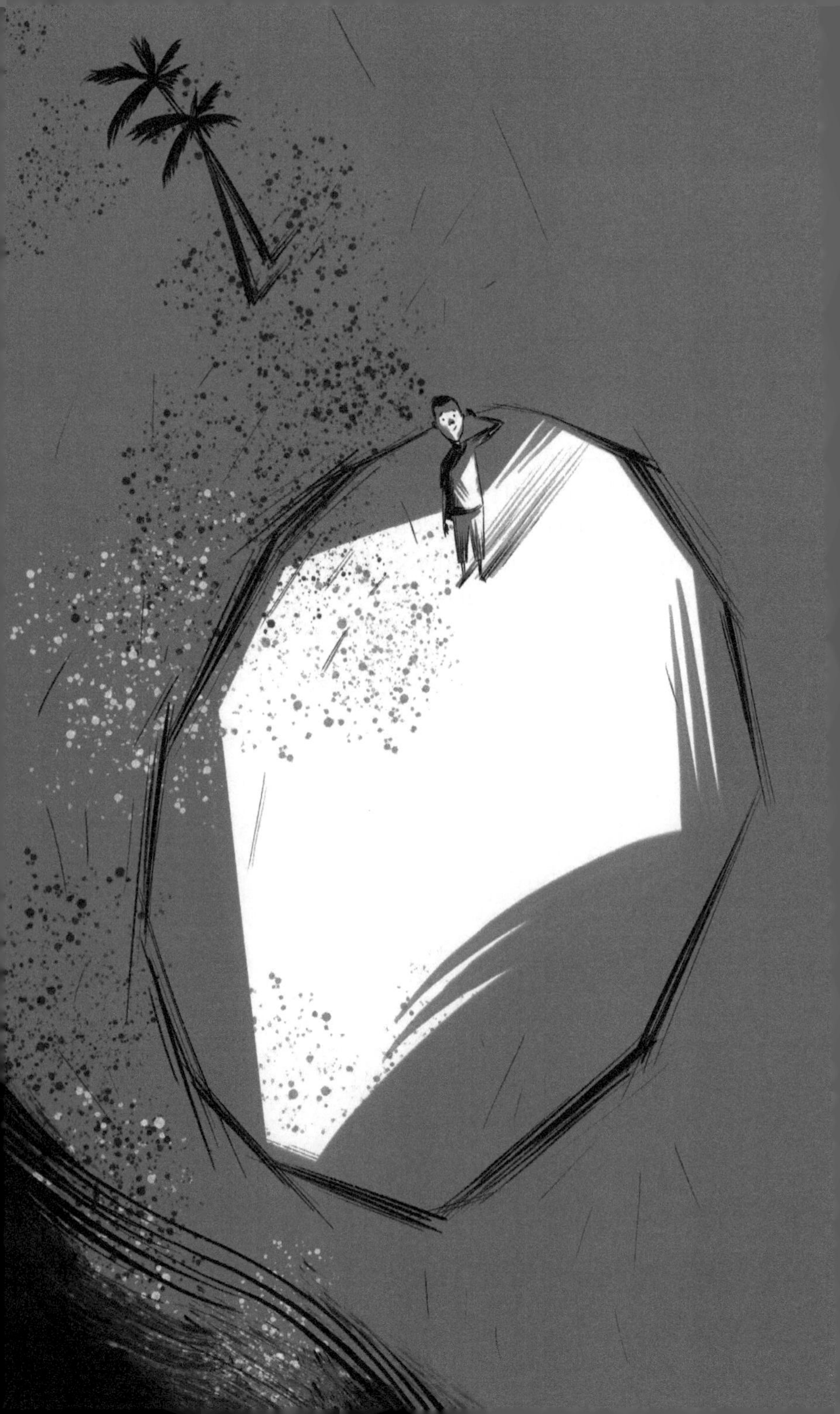

10. Além do Visível

Dona Marô acordou, assustada, com o toque insistente da campainha. Quem seria, àquela hora? Cadu dormia em seu quarto. Seria algum amigo do colégio?

Um tanto apreensiva, chegou até a porta da casa.

– Quem é?

– Sou eu, Marô, Alberto.

Reconhecendo a voz do ex-marido, mais do que depressa, ela abriu a porta.

– Boa-noite, Marô. Desculpe chegar assim sem avisar, mas fiquei preocupado com o Cadu. Ele está em casa?

– Entre, entre, Alberto! – convidou ela. – Claro, o Cadu está dormindo. Mas vamos para a cozinha que passo um café e conversamos.

Sem saber da ausência do filho, o ex-casal conversou muito sobre ele. Dona Marô relatou toda a história que ouvira, e seu Alberto contou que sabia apenas o que Shaila e Pedro haviam contado. Também tinha conversado com Cadu, que prometera devolver o filme à bibliotecária.

— Sim, Alberto. O Carlos Eduardo prometeu isso também para mim. Ainda não devolveu, mas amanhã mesmo vai fazer isso.

— Pois é. Mas, apesar de ter conversado com nosso filho, não consegui pensar em outra coisa. Queria vê-lo. Liguei para o celular e ele não atendeu. Liguei para cá, e nada. Fui pro aeroporto e peguei a primeira ponte aérea.

— Fez bem, Alberto. Às vezes o telefone fixo aqui dá problema, mas não entendo por que ele não atendeu ao celular... De qualquer forma, passe a noite aqui, vou ajeitar o sofá para você. Amanhã pode conversar bastante com o Cadu.

Cansado e sonolento, seu Alberto aceitou o convite.

— Se não for incomodar, fico mesmo, Marô. Mas antes quero espiar nosso filho dormindo, pode ser?

Dona Marô acompanhou o ex-marido ao quarto de Cadu. Também queria conferir se ele dormia em paz...

* *

Selênio não havia negado o pedido de Cadu. Pelo contrário, ficou feliz ao ver que aquele que já considerava amigo queria conhecer um pouco mais sobre sua vida.

No costumeiro silêncio, encostou cada uma das mãos nos ombros do amigo.

"Não tenha medo. Vamos nos teletransportar até a nave. Feche os olhos e concentre-se."

Um torpor, uma sensação de leveza se apossou do corpo de Cadu. Nada viu, no entanto. Limitou-se apenas a sentir-se flutuando. Pouco depois, como se fosse um balão de gás que vai murchando, sentiu seus pés tocarem de novo o chão. Foi como se recebesse seu corpo de volta.

"Tudo bem, Cadu?", ele captou as palavras de Selênio.
– Sim – confirmou, abrindo os olhos.
"Aí está!", disse o amigo, apontando a nave.

Nunca, em toda a sua vida, Cadu tinha visto algo tão esplêndido! Em meio à escuridão da Praia do Sossego, àquela hora da noite, a nave projetava suas luzes no mar. Ovalada e cercada de pequenas lanternas à volta toda, tinha uma cor acinzentada. No topo, uma luz diferente e avermelhada girava, como se fosse uma sirene sem som.

Selênio tomou a mão de Cadu.

"Venha."

Os dois caminharam em direção a um dos lados da nave. Discreta e suavemente, uma escada foi descendo até chegar ao chão.

Emocionado, Cadu subiu os degraus e viu-se no interior dela, onde outros selenitas esperavam. Pensou que dona Creuma não havia conseguido expressar a beleza de tudo aquilo.

Os selenitas, porém, não eram exatamente como ela descrevera. Talvez cada pessoa os visse de um jeito diferente... De qualquer forma, Cadu ficou feliz por, pela primeira vez, poder ver Selênio em sua aparência natural.

Em uma língua própria, o selenita o apresentou aos outros, que o cercaram fazendo uma reverência.

"Meus irmãos agradecem pela destruição do filme, Cadu. Você soube compreender o que nos causava mal. Soube estender sua amizade a quem considerava inimigo; por isso pudemos nos unir."

– Fiz o que era certo, Selênio.

"Fez por amor, Cadu. E nunca vamos esquecer. Agora, temos que ir."

Dizendo assim, Selênio estendeu a mão para se despedir.

"Adeus!"

Mas, de novo, Cadu o abraçou.

– Adeus amigo! Sempre que olhar a Lua pensarei em você.

"E eu captarei seu pensamento, amigo", disse o outro, envolvendo Cadu e retribuindo o abraço.

Poucos minutos depois, num rastro de luz, a nave partiu.

Deixava na areia da Praia do Sossego apenas a marca profunda daquele pouso inacreditável.

**

Seu Alberto e dona Marô entraram em desespero ao constatar que o filho não se encontrava no quarto nem em nenhum lugar da casa.

– Coração de pai não se engana. Vim de São Paulo porque algo me dizia que o Cadu ia aprontar alguma.

– Aprontar o quê, Alberto? Pode-se saber? – ofendeu-se dona Marô, controlando a aflição. – Nosso filho é ajuizado. Deve ter ido dar uma volta na praia. Só isso.

– A esta hora, Marô?! Ele, por acaso, tem costume de sair sem avisar, quando está em Niterói?

– Claro que não!

– Então alguma coisa aconteceu. Vamos pra delegacia.

Mas coração de mãe também não se engana. Recordando a longa conversa que tivera com Carlos Eduardo, lembrou que a bibliotecária havia citado a Praia do Sossego.

– Vamos até a Praia do Sossego, Alberto, acho que o Cadu pode ter ido lá.

O ex-marido comentou que a praia era longe dali. Não daria para o garoto ter ido a pé.

Mas dona Marô insistiu, já pegando as chaves do carro e seguindo para a garagem.

— Se não quiser ir, vou sozinha! — decidiu.
Sem alternativa, Alberto entrou no carro e os dois seguiram em busca do filho.

✦ ✦

Sentado no meio daquele enorme círculo cravado na areia, de onde partira a nave de Selênio, ele olhava a Lua.
— Cadu! — ouviu, de repente.
Parecia a voz do pai. E ela foi se tornando mais próxima, até que pode divisar o facho de luz de uma lanterna, depois as figuras queridas do pai e da mãe.
— Estou aqui!
Dona Marô e seu Alberto, chocados com aquele buraco gigante, nunca visto antes naquela praia, correram para abraçar o filho.
— O que está fazendo aqui? — perguntou a mãe.
— Destruí o filme, depois vim me despedir do Selênio, mãe.
Olhando ao redor e sem ter mais como duvidar daquela história fantástica, dona Marô e seu Alberto, abraçados ao filho, choraram de emoção.
Mais tarde, já em casa, ouviram de Cadu o final da história: o teletransporte, o interior da nave, os selenitas e o abraço apertado que ele recebera de Selênio, o amigo diferente.
Novo dia que começava, nova era para Cadu: a era pós-Selênio.
O celular deu sinal de mensagem chegando. Sorriu ao abrir o aplicativo.

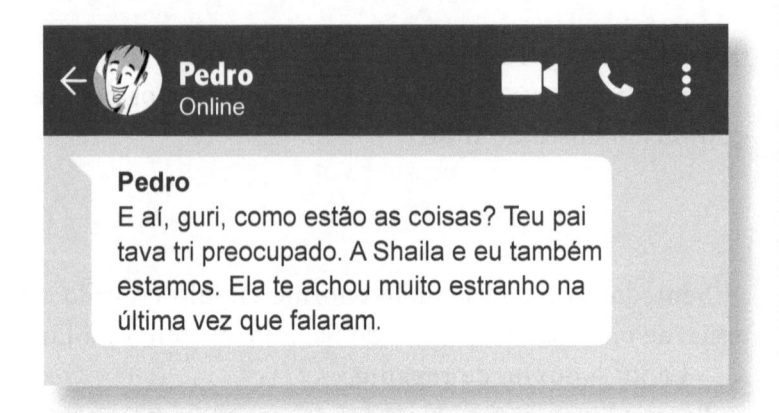

> **Pedro** — Online
>
> **Pedro**
> E aí, guri, como estão as coisas? Teu pai tava tri preocupado. A Shaila e eu também estamos. Ela te achou muito estranho na última vez que falaram.

Com um suspiro, Cadu pensou que nem imaginava como começar a contar tudo que lhe acontecera nas últimas vinte e quatro horas. Só de uma coisa tinha certeza: Pedro e Shaila eram incríveis, mesmo! Os três tinham, como os amigos têm, suas desavenças, mas preocupavam-se um com o outro. Já se haviam deparado com muitos mistérios, desde que tinham assumido a redação do jornal do Colégio Casmurro, decifrado enigmas e conhecido criaturas assustadoras.

Mas, certamente, aquela aventura extraterrestre seria inesquecível.

"Pena que Shaila e Pedro não conheceram o Selênio", lamentou Cadu.

Ao começar a digitar, uma ideia lhe ocorreu: convidaria os dois para passarem um fim de semana em Niterói. Mostraria a marca que a nave havia deixado na Praia do Sossego e os levaria ao apartamento de Fernanda, para aprenderem mais sobre filmes antigos.

∗∗

Em *O Sinistro* daquele mês, destacou-se um artigo escrito por Cadu.

O SINISTRO

São Paulo, agosto de 2014

"Hoje, depois da experiência que vivi com Selênio, o habitante da Lua, sinto uma emoção enorme ao ver que o céu para onde olhamos, nas noites estreladas, está repleto de planetas, mundos infinitos, com seres inteligentes habitando neles. E fico me perguntando por que nós, humanos, sempre os descrevemos como sendo feios e asquerosos: com três metros de altura e seis dedos; com rabos e pele escamosa; até chifres, como os descritos no filme *Viagem à Lua*, de Georges Méliès e em outros filmes do gênero. Devo ter mesmo uma forte relação com a Lua, pois nunca imaginei um selenita assim. Quando observava o céu, da janela do meu quarto, em Niterói, pensava que se existissem seres viventes na Lua, deviam ser diáfanos, flutuantes, cheios de luz. E foi assim que os vi, assim que os senti. Como se um afago invisível tirasse todo o meu medo e trocasse por coragem."

Georges Méliès (1861-1938)

C.E., da Redação

✶✶

A cratera na areia não sumiu. Pelo contrário, continuou lá por muito tempo. Tornou-se notícia em todo o Rio de Janeiro, e a praia passou a receber muitos turistas curiosos.

Dona Creuma, desde que tudo acontecera, estava bem mais simpática. Ninguém entendeu por que ela começou, de repente, a receber com um sorriso os alunos que visitavam a biblioteca.

Cadu aproveitou bastante aqueles meses em Niterói, junto da mãe. Pôde passear pelo Rio de Janeiro, seu estado natal, rever a Cidade Maravilhosa. Surfou, namorou, jogou futebol e divertiu-se com a turma do colégio... Porém, quem o conhecia bem sabia que estava mudado.

Nas noites em que a Lua aparecia no céu, sentia-se mais perto de Selênio.

Ele sabia que nunca mais seria como a maioria das pessoas.

Tinha conseguido divisar além do visível.

✶✶

Explicações importantes:

1. Émile Zola até pode ter sido assassinado por causa de suas críticas sociais. Morreu em frente à lareira de sua casa e ingeriu monóxido de carbono, mas não estava assistindo ao filme *Viagem à Lua*.

2. Antonín Dvorák realmente estava trabalhando quando se sentiu mal, e morreu de derrame cerebral. Tinha mesmo o hábito de escrever nos punhos de suas camisas, mas nunca escreveu nada sobre o filme *Viagem à Lua*, nem o assistiu.

3. O transatlântico Titanic realmente abalroou um iceberg, por volta das 23h40 do dia 14 de abril de 1912, e afundou. Mas no anfiteatro do navio, nessa ocasião, não estava sendo exibido o filme *Viagem à Lua*.

4. Em junho de 2002, o Brasil realmente foi pentacampeão mundial de futebol. Mas os jogadores não assistiram ao filme *Viagem à Lua* para comemorar.

5. Em dezembro de 2004, um Tsunami, na Indonésia, matou cerca de 220 mil pessoas. Mas não houve nenhuma videolocadora envolvida no caso, muito menos distribuição de cópias do filme *Viagem à Lua*.

6. Em maio de 2008, um terremoto em Sichuan, na China, matou cerca de 90 mil pessoas. Mas lá não existia nenhuma videolocadora de nome *Viagem à Lua* que desabou.

7. Alberto Santos Dumont matou-se, dizem alguns, por causa de uma profunda depressão, ao constatar que o avião, seu invento, estava sendo usado para fins militares. Dizem outros, por uma desilusão amorosa. Mas ele não estava assistindo ao filme *Viagem à Lua* no dia de sua morte.

8. O toureiro Manolete perdeu a vida por causa de uma chifrada de touro que levou na coxa direita. Mas não assistiu ao filme *Viagem à Lua*, e sua morte nunca foi relacionada a isso.

9. Juscelino Kubitschek era mesmo descendente de ciganos e, ao inaugurar Brasília, participou de todas as comemorações. Mas não convidou ninguém para assistir ao filme *Viagem à Lua*, nem viu garoto misterioso algum.

10. Zé da Catinga é um cordelista ficcional, e o cordel aqui apresentado foi escrito pela autora deste livro.

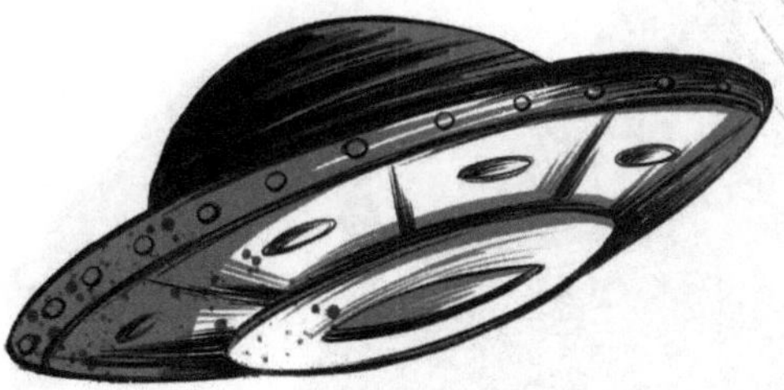

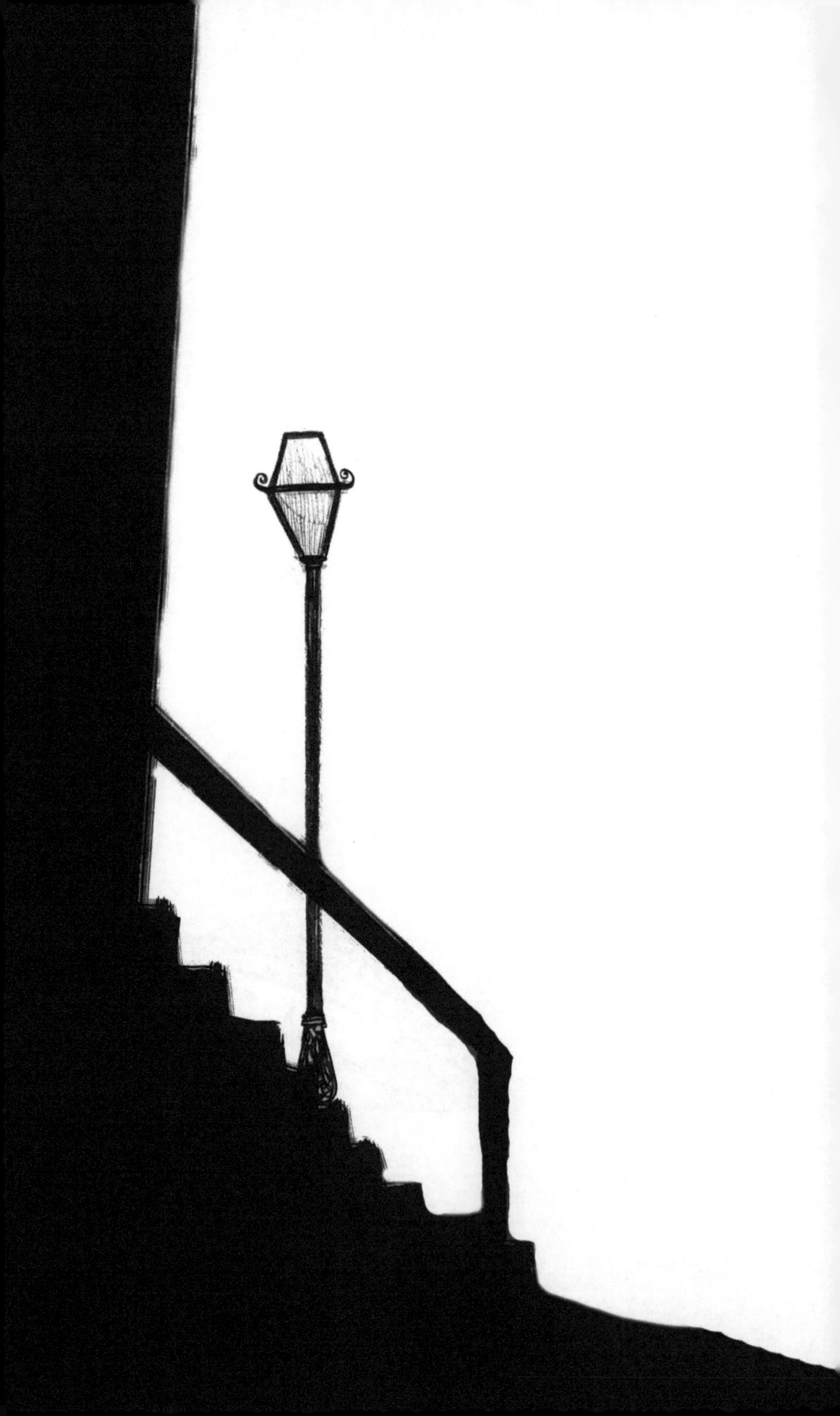

A autora

Eliana Martins nasceu na cidade de São Paulo (SP) e, sempre foi muito observadora.

Anotava tudo o que achava interessante e aprendeu a gostar dos livros com seus pais, grandes leitores. Começou sua vida profissional como professora de crianças com necessidades especiais. Foi para elas que escreveu as primeiras histórias. Depois, foi estudar psicologia.

Mas, como os livros e as histórias continuavam perseguindo Eliana, ela decidiu ser escritora. Desde então, escreveu peças de teatro, roteiros para televisão e publicou muitos livros, por várias editoras. Ganhou o Selo Altamente Recomendável – FNLIJ e o Prêmio APCA (Associação Paulista de Críticos de Arte). Também foi finalista dos prêmios Barco a Vapor (2005) e Jabuti (2008). Já visitou uma infinidade de escolas e feiras, por várias partes do Brasil, para bater papo com os alunos. E, pode acreditar, esse é o maior dos prêmios para a autora.

Por falar em bater papo, se quiser conversar com a Eliana, visite seu site (www.elianahmartins.wix.com/elianamartins) e também seu blog (www.eliana-martins.blogspot.com).

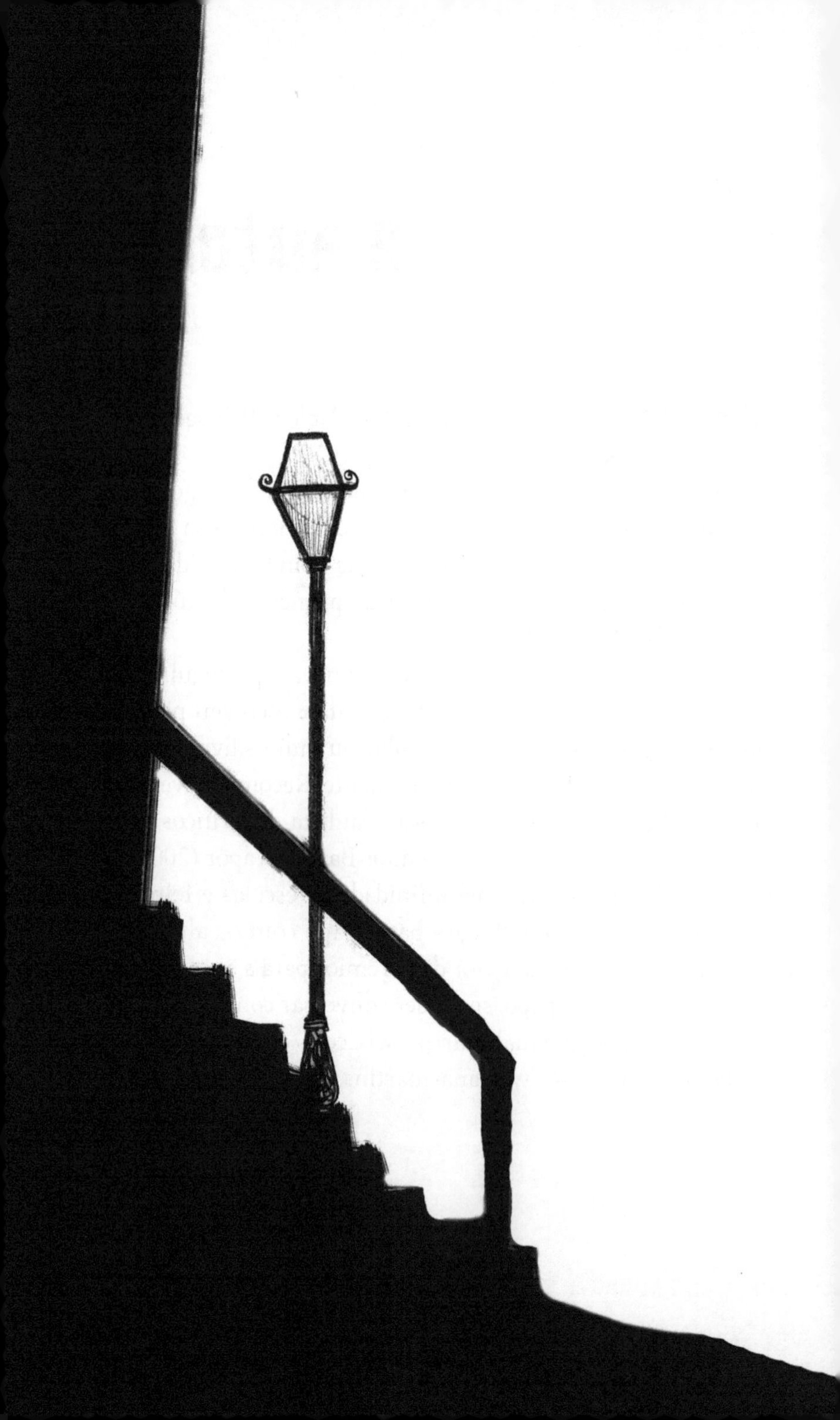

O ilustrador

Weberson Santiago nasceu em 1983, na cidade paulista de São Bernardo do Campo (SP) e hoje mora em Mogi das Cruzes (SP). Além de ilustrar e escrever livros, ele é professor na Universidade de Mogi das Cruzes (UMC) e na Quanta Academia de Artes.

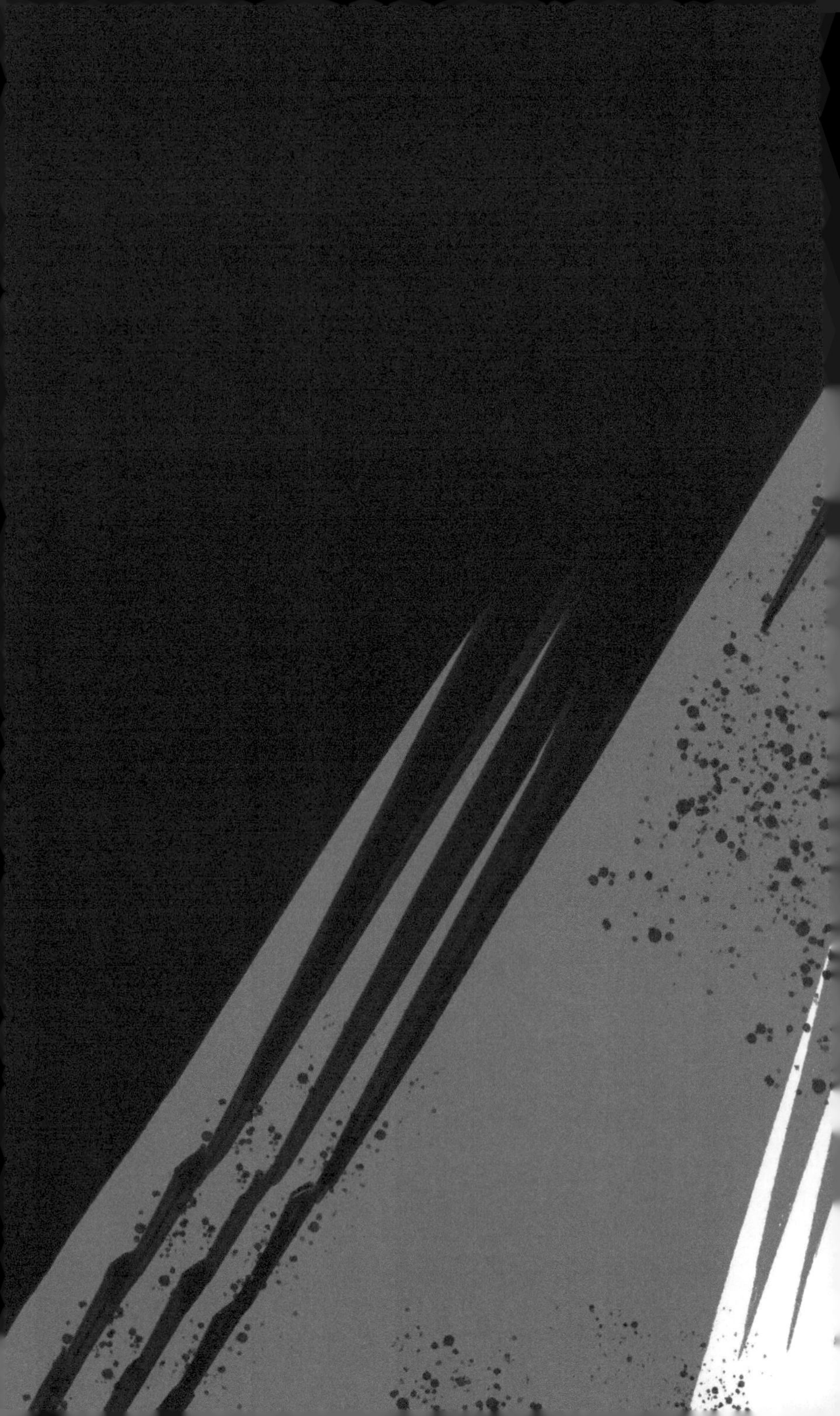

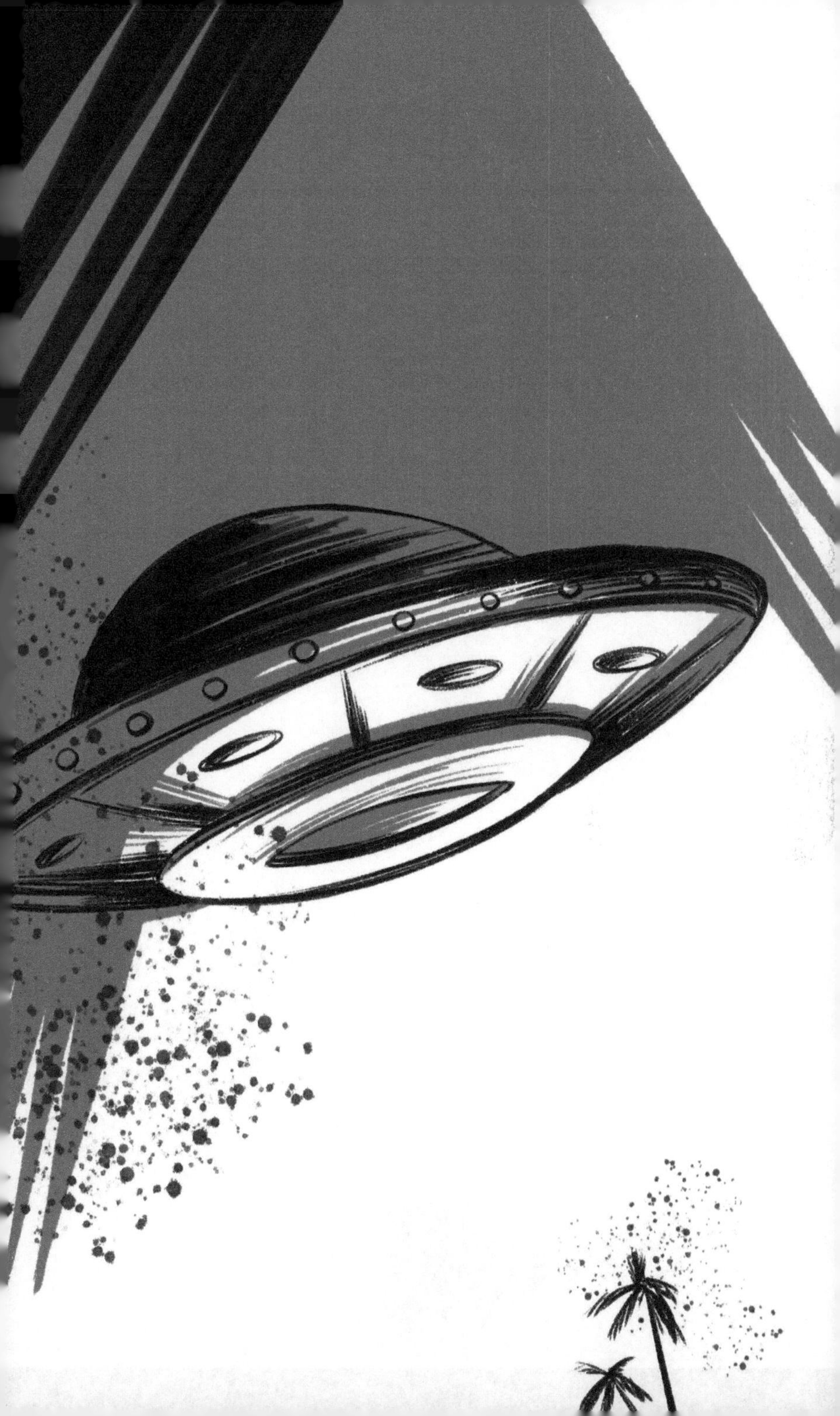